作家读作家

关于小说家的日常状态与写作必备

贾梦玮 主编

江苏凤凰文艺出版社

图书在版编目(CIP)数据

作家读作家 / 贾梦玮主编. —南京:江苏凤凰文艺出版社,2022.5
ISBN 978-7-5594-5835-3

Ⅰ.①作… Ⅱ.①贾… Ⅲ.①散文集-中国-当代 Ⅳ.①I267

中国版本图书馆CIP数据核字(2021)第239120号

作家读作家
贾梦玮　主编

出 版 人	张在健
责任编辑	李　黎
特约编辑	王　怡
装帧设计	夏艺堂
责任印制	刘　巍
出版发行	江苏凤凰文艺出版社
	南京市中央路165号,邮编:210009
网　　址	http://www.jswenyi.com
印　　刷	苏州市越洋印刷有限公司
开　　本	880毫米×1230毫米　1/32
印　　张	7.5
字　　数	140千字
版　　次	2022年5月第1版
印　　次	2022年5月第1次印刷
书　　号	ISBN 978-7-5594-5835-3
定　　价	45.00元

江苏凤凰文艺版图书凡印刷、装订错误,可向出版社调换,联系电话025-83280257

目录

1   毕飞宇×莫　言
找出故事里的高粱酒

15   刘庆邦×刘　恒
追求完美的刘恒

35   刘庆邦×王安忆
王安忆写作的秘诀

55 庞余亮×毕飞宇
毕飞宇：白上之黑的无限

鲁　敏×叶　弥　　　　　　　***67***
　　　　　　　　　叶弥小说的腔调

79 宋　词×陆文夫
悲欢都在忧患里——与陆文夫的半生交

99 朱文颖×苏　童
"到常熟去"——苏童及其小说的一种解读

115 朱文颖×范小青
以柔软的姿态面对——范小青的小说及其他

131 徐　迅×刘庆邦
小说和小说之外的刘庆邦

黄咏梅×艾　伟　　　　　**149**
　　艾伟：一个充满浪漫怀想的劫持者

161 　　　　陈应松×张　炜
语言是小说的尊严——以张炜《丑行或浪漫》为例

177 　　　　杨海蒂×韩少功
山南水北归去来

205 　　　　吴克敬×贾平凹
青灯、木鱼和钟——谈贾平凹的文学创作

228 　　　　贾梦玮
作家论的三种形态（代后记）

找出故事里的高粱酒

毕飞宇

"外面的世界很精彩",这是一首歌,它歌咏的是莫言的写作。

他(我爷爷)把早就不中用了的罪恶累累也战功累累的勃朗宁手枪对准长方形的马脸抛去,手枪笔直地飞到疾驰来的马额上,发出沉闷的撞击声。红马脖子一扬,双膝突然跪地,嘴唇先吻了一下黑土,脖子随即一歪,脑袋平放在黑土上。骑在马上的日本军人猛地掼下马,举着马刀的胳膊肯定是断了。因为我父亲看到他的刀掉了,他的胳膊触地时发出一声脆响,一根尖锐的、不整齐的骨头从衣袖里刺出来,那只奋拉着的手成了一个独立的生命无规律地痉挛着。骨头刺出衣袖的一瞬间没有血，骨刺白渗渗的，散着阴森森的坟墓气息，但很快就有一股股的艳红的血从伤口处流出来，血流得不均匀，时粗时细，时疾时缓，基本上像一串串连续出现又连续消失的鲜艳艳的红樱桃。他的一条腿压在马肚子下，另一条腿却跨到马头前，两条腿拉成一个巨大的钝角。父亲十分惊讶，他想不到高大英武的洋马和洋兵竟会如此不堪一击。爷爷从高粱棵子里哈着腰钻出来，轻轻唤一声：

"豆官。"

这一段文字我们是如此的熟悉，它来自《红高粱家族》的《狗道》。附带说一句，在莫言庞大的作品系列中，我认为《狗道》是他最为杰出的作品之一。我为《狗道》没有赢得"萝卜"与"高粱"同等的关注而深表遗憾。莫言的天分与《狗道》结合得格外紧凑。《狗道》写得很"浑"，不是"浑浊"的"浑"，是"浑蛋"的"浑"。用北京人不讲逻辑的说法，《狗道》是"浑不吝"的，很牛。

在这段不长的文字里大量地充斥着名词。他——我爷爷、勃朗宁、长方形、马脸、手枪、马额、红马脖子、双膝、嘴唇、黑土、脑袋、日本军人、马刀、我父亲、胳膊、骨头、衣袖、手、血、骨刺、坟墓、伤口、红樱桃、腿、马肚子、马头、钝角、洋马、腰、豆官。我要说，小说美学的根基在语言，语言的根基在词汇，词汇的根基在名词。只有名词所构成的小说才有可能成为真的小说。衡量一部小说的优劣往往有一个最为简单的办法，也是最为基础的办法，我们可以统计它的名词量。名词是硬通货。没有硬通货而只有观念与情感的文字有可能是好的论述、好的诗篇，但是，不可能是好的小说。这里的原因不复杂，小说是要建立世界的，名词是木柴、砖头和石头，或者说，是钢筋、水泥与黄沙。

新时期以来，第一个让我茅塞顿开的作家是马原，这一点我要认。马原为我们的汉语写作提供了新语言——这差不多已经是被定论的了。几乎就在同时，另一个让我茅塞顿开的作家出现了，他是莫言。如果说，马原为我们的新小说提供了新语法，那么，莫言为我们提供的则是语言的对象。这个对象就是外面的世界。

这个世界上还有不涉及"外面的世界"的小说吗？有。这就要回顾历史了。所谓的新时期文学有一个背景，那就是"绝对意识形态文学"。"绝对意识形态文学"是我生造的一个词，它不一定很准确。在相当长的时间里,我们的汉语小说里只有灵魂——我更愿意把它说成是立场或站队——没有别的。透过小说,我们看不到这个世界。这个世界是一个黑洞。我们的文学是"伪问题"下面的"伪世界"。我们的"日常经验"与小说所提供的"文学经验"是旷野上的马和牛,我们的阅读只能是风马牛。

这就是为什么"我就是那个叫马原的汉人"会具有非凡的意义,这就是为什么莫言铺张的、骁勇的、星罗棋布的、忽如一夜春风来的名词会具备时代的价值。他们不是先知,不可能是。但他们硬是把先知的活给偷偷地给干了。

除了阶级、立场、站队、罪大恶极与馨竹难书,这个世界还有光,还有水,还有星空,树木,果实,飞鸟,畜生,昆虫,野兽。这些都是"神"创造的,"神看着是好的"。当然,还有人,人和人的相爱,相仇,相助和相妒。

从什么时候开始,我们的小说就只剩下"人与人"了呢?只有人与人的阶级,只有人与人的揭发,只有人与人的正确与错误,光辉与罪恶。别的呢?别的都到哪里去了?

那时候的小说只要两句话就可以概括了:

"你坏!"

"去你妈的，是你坏！"

我这就回忆起1986年了。这时候已经是"新时期"了吧？1986年，我读到了莫言。我第一次阅读莫言的时候产生了一个令我战栗的念头，也许还是一个令我不好意思的念头——莫言的小说是我写的！这些小说之所以是莫言的，他只是比我抢先了一步。

我的意思是，我从莫言的小说里看到了"我"的世界。莫言的世界和"我"有关。我熟悉莫言小说里的所有"物质"，作为"物质"的对应物，我就仰起了脑袋，不可救药地爱上了那些硕果累累的名词。莫言的名词令我眼花缭乱，在耳朵里"嗡"啊"嗡"的。我就馋，还饿。

名词是奇妙的，它从来不孤立，它们有内在的逻辑。即使那些名词原先是孤立的，经过艺术家的排列与组合，一个奇妙的天地就这样呈现在了我们的面前，或天堂，或地狱，或人间。

回到我在文章的一开头所引用的文字，透过爷爷、马脸、红马脖子、双膝、嘴唇、黑土、脑袋、我父亲、胳膊、骨头、手、血、坟墓、马肚子、马头、腰，我们容易得出一个合理的印象，这是一幅自然主义的画面，是标准的"外面的世界"。

问题是，"长方形"和"钝角"这两个狗杂种夹杂在里头。

这是两个数理名词，或者说，概念。在很"自然主义"的图画当中，这两个名词和它们的同类失去了关联，它们是幺蛾子。它们扑棱扑棱的，通身洋溢着巫气般的粉尘。在一个血光入注（红樱桃这个姣好的名词强化了它）的世界里，"长方形"和"钝角"是突兀的，像黄河之水，是从天上来的。可是，当你把"长方形"和"钝角"还原到句子里头，它们又是那样的合适，再恰当不过了。这两个名词就该长在那儿。红杏枝头春意闹。

问题的关键是"我父亲"。"我父亲"这个名词是何等地关键，它在所有的名词那里游走。这一走，所有的名词合理了，有了奇妙的搭配。在这里，"我父亲"不再是一个名词，一个概念。它是一个视角，一个世界观，一个方法论。"它"决定了这个世界驳杂和斑斓的色彩，"它"决定了一些鬼祟的、直通灵魂的声响，"它"还决定了气味，味道，形状，节奏，速度。外面的世界真精彩。

在"我父亲"的神灵的引导下，一大堆的名词扑面而来。有的有翅膀，有的没有翅膀，有的有羽毛，有的没有羽毛，有的有胳肢窝的气味，有的没有胳肢窝的气味，有的华光四射，有的一片瓦灰。我所熟悉的世界陌生了。

名词与名词之间是有落差的，落差越大，世界越大，世界内部的张力越大。

莫言就这样肆意地破坏了名词之间的逻辑性。他把公牛弄成了足球，他把足球弄成了汤圆，他把汤圆弄成了冰山，他把冰山弄成了冰激凌。阅读莫言总是刺激的。春风不用一钱买。

说到这里我就要说出我的一个小秘密，我一直认为莫言是个酒鬼。他的写作总是在豪饮之后。我这样说当然有我的理由，这个理由就是，在莫言的笔下，名词与名词之间始终洋溢着浓郁的酒意。它们不安分。躁动。有时候甚至狂暴。我甚至还想起了罗曼·罗兰对克里斯多夫的描述，他（克里斯多夫，在酒席上）把各种各样的颜色往肚子里灌。许多人都不胜酒力，抱着脑袋摇摇晃晃地撞墙了。莫言却回家了。他打着酒嗝，用他笨拙的手指头野蛮地撞击他的键盘。在"各种各样的颜色"驱动下，莫言打开了他的一个世界，这世界汪洋恣肆。

很遗憾，莫言不是一个饮者。这没关系。我已经原谅他了，我也已经原谅我自己了。但现在的问题是，在莫言的名词与名词之间，为什么始终都带着酒意？

面对"外面的世界"，小说家的心态无非是两种，一，追求"一比一"的关系——尽自己的最大可能"原原本本"地复述、描摹,远古时期的希腊人把这种方式叫作"模仿",也就是我们通常所说的"再现";二,变形——变形又有两种情况,1.往回收,罗兰巴特就是这么说的,但是,干得最漂亮的却是加缪,他的《局外人》可以说是"往回收"的典范;2.扩张,莫言就是这样。这两种方式也就是所谓的"表现"吧。

接下来的问题必然是接踵而至的,莫言为什么要"扩张"他的世界?他的目的究竟是什么?

莫言钟情于一样东西,这个东西叫"热烈"。莫言的扩张不在体量上,而在动态和温度上。他喜欢剧烈,他喜欢如火如荼。他甚至喜欢白热化。

事实上,面对自己即将表达的外部世界,每一个作家都有自己所喜爱的调调,余华?余华是收着的,我们可以清晰地听到余华的鼻息。我们完全有理由把余华看作东方的加缪。苏童却是扩张的,但他的扩张却来得有点蹊跷,他喜欢在"湿度"上纠缠。苏童的世界永远是湿漉漉的,像少妇新洗的头发,紧凑、光亮,有一垄一垄的梳齿痕,很性感。

莫言就不一样了,莫言雄心勃勃。面对莫言的文字,我们可以得出一个最具底线的判断,他雄心勃勃。他的器官较之于一般的男人要努力得多。它们更投入。莫言沉醉于自己的世界,这个世界是立体的、完整的。然而，最终的结果却让我们大惊失色，莫言把他完整的世界敲碎了。他要的不是完整。他要的是热烈的、蓬勃的、纷飞的碎片。

话说到这里一切都简单了，莫言是个悲观的家伙。他利用一切可以利用的名词，顺理成章地或不顺理却成章地建造他的世界，批评家们所说的"金沙俱下"就是这么来的。但我以为许多人对莫言还是误解了，我们还是没有好好地正面莫言的"过犹不及"。

"父亲眼前一道强光闪烁，紧接着又是一片漆黑。爷爷刀砍日本马兵发出潮湿的裂帛声响，压倒了日本枪炮的轰鸣，使我父亲耳膜振荡，内脏上都爆起寒栗。当他恢复视觉时，那个俊俏年轻的日本马兵已经分成两段。刀口从左肩进去，从右肋间出去，那些花花绿绿的内脏，活泼地跳动着，散着热烘烘的腥臭。父亲的肠胃缩成一团，猛弹到胸膈上，一口绿水从父亲口里喷出来。父亲转身跑了。"（《狗道》）

老实说，阅读这样的文字对我们是一个考验。就局部来看，莫言真的是"过犹不及"的。他这样疯狂地面对"外面的世界"有必要吗？那么多的名词有必要吗？我要说，有。我这样说是在比较全面地阅读了莫言之后，他真是悲观。说到底，莫言所谓的"外面的世界"并不是"外面的世界"，而是他"内部的世界"："我们"残忍。我们在肢解、在破坏、在撕咬这个世界。

他让这个世界璀璨是假的。他让这个世界斑斓是假的。一句话，他让这个世界热烈也是假的。他的目标是破碎。为了让破碎来得更野蛮、更暴戾，他让这个世界光彩夺目，他让这个世界弥漫着瓷器的华光，那是易碎的前兆。

"一九五八年，他（父亲）历尽千难万苦，从母亲挖的地洞里跑出来时，双眼还像少年时期那样，活泼，迷惘，瞬息万变，他一辈子都没有弄清政治、人与社会、人与战争的关系，虽然他在战争的巨轮上飞速旋转着，虽然他的人性的光芒总是力图冲破冰冷的铁甲放射出来，但事实上，他的人性即使能在某一个瞬间放射出璀璨的光芒，这光芒也是寒冷的、弯曲的，掺杂着某种深刻的兽性因素。"

（《狗道》）

这一段文字并不好。甚至可以说，有点糟糕。这糟糕直接暴露了莫言，正如美女脸上的表情，偶尔流露的不好看的表情有时候反而是她的真本性。"我们残忍"。这是莫言对世界、对"我们"的一个基本的认识。

"我们"是不是像莫言所说的那样"残忍"？我们可以商量。我们可以用小说去商量，我们也可以用批评去商量，但是，莫言就是这样认为的。我坚信他的念头不可能是空穴来风。他的工作就是把他的想法"有效"地表达出来。他做到了。他干得很好。他拥有了自己的"世界"。

这就是莫言的基本方式，他为我们提供了一个"精彩"的"外面的世界"，它鲜活，丰饶，饱满，多汁。然后，到处都是汁。莫言的美学趣味在"到处都是汁"的刹那里头，像爆炸，像狂野的涂抹，像沉重的破裂。五马分尸，凌迟，檀香刑。

卡尔维诺在论述老托尔斯泰的时候说："与其说托尔斯泰感兴趣的是颂扬亚历山大一世时的俄罗斯而不是尼古拉一世时的俄罗斯，倒不如说他感兴趣的是找出故事中的伏特加。"卡尔维诺说得真好。我想模仿他：

与其说莫言感兴趣的是支离破碎的世界而不是一个完好如初的世界，倒不如说他感兴趣的是找到故事中的高粱酒。

高粱酒对莫言有什么用？有用。他要仗着酒气告诉我们，我们残忍。世界被我们弄成了碎片，焰火一样——多好看哪。可这些话莫言平日里是说不出口，他不好意思。

（2008年7月2日于南京龙江寓所）

追求完美的刘恒

刘庆邦

2009年，刘恒被评为全国第四届专业技术杰出人才。中国的作家很多，可据我所知，获得这种荣誉称号的，刘恒是作家中的第一位。北京市人才荟萃，而在这一届全国杰出人才评选中，刘恒是北京市唯一的一位当选者。《人民日报》在简要介绍刘恒的事迹时，有这么两句话："刘恒长期保持了既扎实又丰产的创作态势，是中国当代作家中一位不可多得的、德才兼备的领军人物。"

我和刘恒是三十多年的朋友，自以为对他还算比较了解。既了解他的作品，也了解他的人品。我俩相识于二十世纪八十年代初期。一开始，他是《北京文学》的编辑，我是他的作者。经他的手，给我发了好几篇小说。被林斤澜说成"走上知名站台"的短篇小说《走窑汉》，就是刘恒为我编发的。后来我们越走越近，竟然从不同方向走到了一起，都成了北京作家协会的驻会专业作家。如此一来，我们交往的机会就更多一些。刘恒写了小说写电影，写了电影写电视剧，写了电视剧又写话剧和歌剧，每样创作一出手，都取得了非凡的成绩。刘恒天才般的文才有目共睹。当由刘恒编剧的电影《集结号》红遍大江南北，我们在酒桌上向他表示祝贺时，刘恒乐了，跟我们说笑话："别忘了我们老刘家的刘字是怎么写的，刘就是文刀呀！"我把笑话接下去，说："没错儿，刘恒也是'文帝'啊！"

我暂时按下刘恒的文才不表，倒想先说说他的口才。作家靠的是用笔说话，他的口才有什么值得说的呢？不不，正因为作家习惯了用笔说话，习惯了自己跟自己对话，口头表达能力像是有所退化，一些作家的口才实在不敢让人恭维。在这种情况下，刘恒充满魅力的口才方显得格外难能可贵。他不是故意语出惊人，但他每次讲话都能收到惊人的效果。我自己口才不好，未曾开口头先大，反正我对刘恒游刃有余的口才是由衷的佩服。2003年9月，刘恒当选北京作家协会的主席后，在作代会的闭幕式上讲了一番话，算是就职演说的意思吧。刘恒那次讲话，把好多人都听傻了。须知作家都是自视颇高的人，一般来说不爱听别人讲话。可是我注意到,刘恒的那番话确实把大家给震了,震得大家的耳朵仿佛都支棱起来。会后有好几个人对我说,刘恒太会讲话了,刘恒不鸣则已,一鸣惊人啊!他们说,以前光知道刘恒写文章厉害,没想到这哥们儿讲起话来也这么厉害。此后不几天,市委原来管文化宣传工作的一位副书记跟作协主席团的成员座谈。副书记拿出一个纸皮的笔记本,在那里翻。我们以为副书记要给我们做指示,便做出洗耳恭听的准备。副书记一字一句开念,我们一听就乐了,原来副书记念的正是刘恒在闭幕式上讲的那番话。副书记说,刘恒已经讲得很好,很到位,他不必多说什么了,把刘恒的话重复一遍就行了。散会后我们对刘恒说:"你看,人家领导都把你的语录抄在笔记本上了。"要是换了别人,真不知道该怎样回答。你听听刘恒是怎么说的,刘恒笑着说:"没关系,版权还属于我。"

北京作家协会的七八个专业作家和二十来个签约作家,每年年底都要聚到一起,开一个总结会,报报当年的收成,谈谈来年的打算,并互相交流一下创作体会。因为这个总结会坦诚相见,无拘无束,简朴有效,不同于一般意义上的总结会,作家们对这个总结会都很期待。我甚至听说,一些年轻作家之所以向往与北京作协签约,很大程度上是因为口口相传的年终总结会对他们具有吸引力。这个总结会之所以有吸引力，窃以为，一个主要原因，是刘恒每年都参加总结会，而且每次都有精彩发言。在我的印象里，刘恒发言从来不写稿子。别人发言时，他拉过一张纸，断断续续在纸上写一点字，那些字就是他准备发言的提纲，或者说是几条提示性的符号。轮到他发言了，他并不看提纲，也不怎么看别人，他的目光仿佛是内视的，只看着自己的内心。在这种总结会上，刘恒从不以作协主席的身份发言，他只以一个普通作家的身份，平等而真诚地与同行交心。这些年，刘恒每年取得的成绩都很可喜。但他从来没有自喜过，传达给人的都是不满足和紧迫感。我回忆了一下，尽管刘恒每年的发言各有侧重，但有一个意思是不变的，那就是他每年都说到个体生命时间储备的有限，生命资源的有限，还是抓紧时间，各自干自己喜欢的事情为好。刘恒发言的节奏不急不缓，徐徐而谈。刘恒的音质也很好，是那种浑厚的男中音，透着发自肺腑的磁力。当然，他的口才不是演讲式的口才，支持口才的是内在的力量，不是外在的力量。一切源于他的自信、睿智、远见、幽默和深邃的思想。

北京作协2007年度的总结会是在北京郊区怀柔宽沟开的。在那次总结会上，刘恒所说的两句话给我留下了深刻印象。我认为这两句话代表着他对艺术孜孜不倦的追求，代表着他的文学艺术观，也是理解他所有作品的一把钥匙。他说："我每做一个东西，下意识地在追求完美。"我听了心有所动，当即插话说："我们在有意识地追求完美，都追求不到，你下意识地追求完美，却追求到了，这就是差距啊！"刘恒的意思我明白，我们的创作必须有大量艰苦的劳动，才会有灵感的爆发。必须先有长期有意识的追求，才会有下意识的参与。也就是说，对完美的追求意识已融入刘恒的血液里，并深入到他的骨子里，每创作一件作品，他不知不觉间都要往完美里做。对完美的要求已成为他的潜意识，成为一种近乎本能的反应。那么我就想沿着这个思路，看看刘恒是如何追求完美的。

追求完美意味着付出，追求完美的过程是不断付出的过程。刘恒曾经说过："你的敌人是文学，这很可能不符合事实，但是你必须确立与它决一死战的意志。你孤军奋战。你的脚下有许许多多尸首。不论你愿意不愿意，你将加入这个悲惨的行列。在此之前，你必须证实自己的懦弱和无能是有限的，除非死亡阻挡了你。为此，请你冲锋吧。"刘恒在写东西时，习惯找一个地方，把自己封闭起来。为了排除电视对他的干扰，他连带着堵上电视的嘴巴，把电视也"囚禁"起来。他写中篇小说《贫嘴张大民的幸福生活》时，是1997年的盛夏。那些天天气极热，每天的气温都在三十六七度。他借的房子在六层楼上，是顶层。风扇不断地吹着，他仍大汗淋漓。他每天从早上八点一直写到中午一两点。饿了，他泡一袋方便面，或煮一袋速冻饺子，再接着写。屋里太热，他就脱光了，把席子铺在水泥地上写。坐在席子上吃饭的时候，他觉得自己太苦了，这是人干的事情吗？何苦呢！可又一想，农民在地里锄庄稼不也是这样吗！他就有了锄庄稼锄累了，坐在地头吃饭的感觉，心里便高兴起来。让刘恒高兴的事还在后头，《贫嘴张大民的幸福生活》一经发表，便赢得了满堂喝彩。随后，这部小说又被改成了电影和电视剧。特别由刘恒亲自操刀改编的电视剧播出之后，那段时间，人们争相言说张大民。这些年，每年出版的文学作品和拍摄的电视剧不少，但真正立起来的艺术人物却很少。可张大民以独特的艺术形象真正站立起来了。在全国范围内，或许有人不知道刘恒是谁，但一提张大民，恐怕不知道的人很少。

2009年，刘恒为北京人艺写了一部话剧《窝头会馆》。在此之前，刘恒从未写过话剧，他知道写一部好的话剧有多难。但刘恒知难而进，他就是要向自己发起挑战。在前期，刘恒看了很多资料，做了大量准备工作。在剧本创作期间，他所付出的心血更不用说。他既然选择了追求完美,就得准备着承受常人所不能承受的压力和心理上的折磨。话剧公演之后,刘恒不知观众反应如何,有些紧张。何止有些紧张,是非常紧张。须知北京人艺代表着中国话剧艺术的最高品第,《雷雨》《茶馆》等久演不衰的经典剧目都是从人艺出来的。大约是《窝头会馆》首演的第二天,我和刘恒在一块儿喝酒。我记得很清楚,我们那天喝的是茅台。我还专门给刘恒带了当天的一张报纸,因为那期报纸上有关于《窝头会馆》的长篇报道。我问刘恒看到报道没有。他说没有,报纸上的报道他都没有看,不敢看。我问为什么。他说很紧张。他向我提到外国的一个剧作家,说那个剧作家因为一个作品失败,导致自杀。刘恒说他以前对那个剧作家的自杀不是很理解,现在才理解了。当一部剧作公演时,剧作家面临的压力确实很大。当时刘恒的夫人张裕民在加拿大多伦多大学儿子那里,还是张裕民通过互联网,把观众的反应和媒体的评论搜集了一些,传给刘恒,刘恒才看了。看到观众的反应很热烈,媒体的评价也颇高,刘恒的心情才放松了,才踏实下来。在《窝头会馆》首轮演出期间,刘恒把自己放在观众的位置,从不同角度和不同距离前后看了七场。演员每次谢幕时,情绪激动的观众都一次又一次热烈鼓掌。刘恒没有参加谢幕，观众鼓掌，他也不由自主地跟着鼓掌。我想我的老弟刘恒，此时的眼里应该会有泪花儿吧！所谓人生的幸福，不过如此吧。

任何文学艺术作品，其主要的功能，都是为了表达和传递感情，情感之美是美的核心。刘恒要在作品中追求完美，他必须找到自己，找到自己和现实世界的情感联系，找到自己的情感积累，并找到自己的审美诉求。我敢肯定地说，刘恒的每部作品里所蕴含的丰富情感，都寄托着他对某人某事深切的怀想，投射着自己感情经历的影子。

刘恒创作《张思德》的电影剧本时，我曾替刘恒发愁，也替刘恒担心，要把一点有限的人物历史资料编成一部几万字的电影剧本，谈何容易！事实表明，我的担心是多余的。《张思德》的故事情感饱满，人物形象的塑造堪称完美。影片一经放映，不知感动得多少人流下了眼泪。把《张思德》写得这样好，刘恒的情感动力和情感资源何在？刘恒给出的答案是："我写王进喜、张思德，我就比着我父亲写，用不着找别人。张思德跟我父亲极其相似。"我不止一次听刘恒说过，在写张思德时，他心里一直想的是他去世的父亲。通过写张思德，等于把对父亲的怀念之情找到了一个表达的出口，同时也是在内心深处为父亲树碑立传。刘恒在灵境胡同住时,我去刘恒家曾见过他父亲。那天他父亲拿着一把大扫帚,正在扫院子外面的地。刘恒的父亲个头儿不高,光头,一看就是一个淳朴和善的老头儿。刘恒说他父亲是个非常利人的人,人品极好,在人格上很有力量。他父亲退休后也不闲着,七十多岁了还义务帮人理发。在他们那个大杂院儿里,几乎所有男人的头发都是他父亲理的,包括老人和孩子。谁家的房子漏了,大热天的,他父亲顶着太阳,爬到房顶给人家刷沥青。在帮助别人的时候,他父亲感到很高兴。水有源,木有本。不难判断,刘恒不仅在创作上得到了父亲的情感滋养,在为人处世上也从父亲那里汲取了人格的力量。

看《窝头会馆》,看得我几次眼湿。我对妻子说,刘恒把他对儿子的感情倾注在"窝头"里了。我还对妻子吹牛:"这一点别人不一定看得出来,但我能看得出来。"刘恒的儿子远在加拿大求学,儿子那么优秀,长得又是那么帅,刘恒深爱着儿子,却一年难得见儿子一次,那种牵心牵肝的挂念可说是没日没夜。在这种情况下,让刘恒写一个话剧,他难免要在剧里设计一个儿子,同时设计一个父亲,让儿子对父亲的行为提出质疑,让父子之间发生冲突。冲突发展到释疑的时刻,儿子和父亲都散发出灿烂的人性光辉。有人评论,说《窝头会馆》缺乏一条贯穿到底的主线。我说不对，剧中苑大头和儿子的冲突就是贯穿始终的主线，就是全剧的焦点。我对刘恒说出了我的看法，刘恒微笑着认同我的看法。刘恒在接受记者采访时承认："写苑大头和儿子的关系，那不就是我跟儿子的关系吗！"

刘恒追求完美，并不因为这个世界有多么完美。恰恰相反，正因为这个世界是残缺的、不完美的，刘恒才有了创造完美世界的理想。而要创造完美世界，是很难的。这是因为我们每一个创作者都有局限性。我的胳膊有限，腿有限；经历有限，眼界有限；世俗生活有限，精神生活也有限。最大的局限是，我们的生命有限，我们每个人都只有一生啊！我早就听刘恒说过一个作家的局限性。他认为，我们得认识到这种局限性，承认这种局限性，而后在局限性里追求完美，追求一种残缺的完美。正因为有限，我们才有突破有限的欲望。正因为残缺，我们对完美的追求才永无止境。

刘恒写过一部中篇小说叫《虚证》，因为这部小说没有拍成电影，也没有改编成电视剧，它的影响是有限的。但文学界对这部小说的评价很高。刘恒也说过："一向不满意自己的作品，《虚证》是个例外，它体现了我真正的兴趣。"可以说这部小说是刘恒极力突破局限、并奋力追求完美的一个例证。刘恒的一个朋友，在身上坠上石头，跳进北京郊区一个水库里自杀了。在自杀之前，他发了几封信，为自己的行为辩解，说他自己是对的。可巧这个人我也认识，我在《中国煤炭报》副刊部当编辑时，曾编发过这个人的散文。应该说这个人是个有才华的人。自杀时，他才三十多岁，已是某国有大矿的党委副书记，前程也很好。他的自杀实在让人深感惋惜。他的命赴黄泉让刘恒受到震动，刘恒想追寻一下他的生命历程和心路历程。刘恒想知道，这个人到底走进了什么样的困境，遭遇了多么大的痛苦，以至于非死不能解脱自己。斯人已去，实证是不可能的。刘恒只能展开想象的翅膀，用虚证的办法自圆其说。刘恒这个小说的题目起得好，其实小说工作的本质就是务虚，就是虚证。刘恒将心比心，把远去的人拉回来，为其重构了一个世界。这个人从物质世界消逝了，刘恒却让他在精神世界获得新生。更重要的是，刘恒以现实的蛛丝马迹为线索、为材料，投入自己的心血，建起了一个属于自己的心灵世界。这个世界是心灵化的，也是艺术化的。它介入了现实世界，又超越了现实世界。它突破了物界的局限，在向更宽更广的心界拓展。刘恒之所以对这部小说比较满意，大概是觉得自己在突破局限方面做得比较成功吧。

对于完美，刘恒有自己的理解和标准。不管做什么作品，他给自己标定的目标都是高标准。为了达到自己标定的标准，他真正做到了扎扎实实，一丝不苟。一丝不苟不是一个陌生化的词，人们一听也许就滑过去了。但在形容刘恒对审美标准的坚持时，我绕不过一丝不苟这个词。如果这个词还不尽意，你说刘恒对完美标准的坚持近乎苛刻也可以。由刘恒担纲编剧的电影《集结号》，是中国近年来不可多得的一部好电影。在残酷战争中幸存下来的连长谷子地，一直在找团长，问他有没有吹集结号。他的问最终也没什么结果。谷子地无疑是一个悲剧性的人物，他的牺牲精神和浓重的悲剧感的确让人震撼。刘恒提供的剧本，直到剧终谷子地也没有死。可导演在拍这个电影时，却准备把谷子地"拍死"。刘恒一听说要把谷子地"拍死"就急了，他找到导演，坚决反对把谷子地"拍死"。一般来说，编剧把剧本写完，任务就算完成了，剩下的事都由导演干，导演愿意怎么拍，就怎么拍，编剧不再参与什么意见。可刘恒不，刘恒作为中国电影界首屈一指的大编剧，他有资格对导演说出自己的意见，并坚持自己的意见。加上刘恒在电影学院专门学过导演，还有执导电视剧的实践经验，他的意见当然不可等闲视之。通过对这个具体作品、具体细节的具体意见，我们就可以具体地看出刘恒所要达到的完美标准。这个标准的背后有着丰富的内容。除了在目前政治背景下对一部电影社会效果的总体把握，除了对传统文化心理和受众心理的换位思考，还有对电影艺术度的考虑。所谓度，就是分寸感。任何艺术门类都讲究分寸感，一旦失了分寸，出来的东西就不是完美的艺术。刘恒说："悲剧感的分寸，跟人生经验有直接关系。有时候我们经常看到一种情况就是，人物已经非常悲恸了，但我们的观众没有悲恸感。因为所谓的悲剧效果是他自己造成的。"在日常生活中，刘恒是一个很随和的人。朋友们聚会，点什么菜，喝什么酒，他都微笑着，说随便，什么都行。可在艺术上遇到与他完美艺术追求相悖的地方，他就不那么随和了，或者说他的倔劲就上来了，简直有些寸步不让的意思。不知他跟导演说了什么样的狠话，反正连导演也不得不服从他的意志，给谷子地留了一条生路。从电影最后的效果看，刘恒的意见是对的，他的"固执己见"对整部电影具有拯救般的意义。倘是把谷子地"拍死"，这个电影非砸锅不可。

刘恒在创作上相当自信。他所取得的一连串非凡的创作业绩支持着他的自信。有自信，他才不为时尚和潮流所动，保持着自己对完美艺术标准的坚守。同时，他对自己的创作也有质疑，也有否定。通过质疑和否认，他不断创新，向更加完美的艺术境界迈进。刘恒的长篇小说《苍河白日梦》是部好小说。在写这部长篇时，他把自己投进去，倾注了太多的感情。以至在写作过程中，他竟然好几次攥着笔大哭不止。他的哭把他的妻子张裕民吓坏了，也心疼坏了，张裕民说："咱不写了还不行吗，咱不写了还不行吗！"这样劝刘恒时，张裕民的眼里也满含热泪。但不写是不行的，刘恒哭一哭，也许心里就好受些。哭过了，刘恒擦干眼泪，继续做他的"白日梦"。回想起来，我自己也有过几次号啕大哭的经历，但都不是在写作过程中发生的。我写到动情处，鼻子一酸，眼睛一湿，就过去了。像刘恒这样在写一部小说时几次大哭，在古今中外的作家中都很少听说。

可后来刘恒跟我说，他对这部小说质疑得很厉害。依我看，这部小说的质量不容置疑，他所质疑的主要是自己的写作态度。他认为自己掉进悲观的井里了，"一味愤世愤世，所愤之世毫毛未损，自己的身心倒给愤得一败涂地。况且只是写小说，又不是跟谁拼命，也不是谁跟你拼命，把自己逼成这个样子实在不能不承认是太不聪明了。"于是刘恒要求变，要把自己从悲观的井里捞出来，从愤世到企图救世，也是救自己，救自己的小说。《贫嘴张大民的幸福生活》是刘恒求变的作品之一。到这部作品,他"终于笑出了声音,继而前所未有地大笑起来了"。有人曲解了刘恒这部小说的真正含义,或许是故意曲解的。刘恒一点都不生气。谁说曲解不是真正含义的延续呢,这只能给刘恒增添更多笑的理由。我也不替刘恒辩解,愿意跟他一块儿笑。我对刘恒说:"你夫人叫张裕民,你弄一个人叫张大民,什么意思嘛!"刘恒笑得很开心,说这是他的疏忽,当时没想那么多。张裕民也乐了,说:"对呀,你干吗不写成刘大民呢,以后你小说中的人物不许姓张。"

刘恒对完美艺术的追求,还体现在他对多种艺术门类创作的尝试上。上面我说到他写了话剧《窝头会馆》,2009 年,他还写了歌剧《山村女教师》。刘恒真是一个多面手,什么样的活儿他都敢露一手。2008 年秋天,我们应朋友之约,到河南看了几个地方。去河南之前,刘恒说他刚从山西回来。我问他到山西干什么去了,他说到贫困山区的学校访问了几个老师。他没怎么跟我说老师的情况,说的是下面一些买官卖官的现状。刘恒的心情是沉重的,觉得腐败的现象太严重了。我以为刘恒得到素材,准备写小说。后来才知道,那时他已接下了创作歌剧的活儿,在为写歌剧做准备。刘恒很谦虚,他说他不知道歌剧需要什么样的词,只不过写了一千多句顺口溜而已。《山村女教师》在国家大剧院一经上演，如潮的好评便一波接一波涌来。很遗憾，这个剧我还没捞到看。我的好几个文学界的朋友看了，他们都说好，说很高雅，很激动人心，是难得的艺术享受。

在北京作协2009年度的总结会上，刘恒谈到了《山村女教师》。他说他的文字借用了音乐的力量，在音乐的支持下才飞翔起来。歌声在飞翔，剧情在飞翔，听歌剧的他仿佛也有了一种飞翔的感觉。他看到音乐指挥张开着两个膀子，挥动着指挥棒，简直就像一只领飞的凤凰，在带领听众向伟大的精神接近。那一刻，刘恒体会到，艺术享受是人类最高级的享受，也是人类最幸福的时刻。他说："我们都是凡人，从事了艺术创作，才使我们的心灵有了接近伟大的可能。"

这一切都源于一个根本，源于刘恒对完美人格的追求，源于刘恒无可挑剔的高尚人品。作家队伍是一个不小的群体，这个群体里什么样的人都有，有毛病的人也随手可指。但是，要让我说刘恒有什么缺点，我真的说不出。不光是我，在我所认识的人当中，有文学圈子中人，也有文学圈子以外的人，提起刘恒，无不承认刘恒是一个好人，是一个奉行完美主义的人。俗话说金无足赤，人无完人。在刘恒这里，这句俗话恐怕就要改一改，金可以无足赤，完人还是可以有的。我这样说，一贯低调的刘恒也许不爱听。反正我不是当着他的面说，他也没办法。刘恒有了儿子后，曾写过一篇怎样做父亲的文章，文章最后说："看到世上那些百无聊赖的人；那些以损人利己为乐的人；那些为蝇头小利而卖身求荣、而拍马屁、而落井下石、而口是心非、而断了脊梁骨的人……我无话可说——无子的时候我无话可说。现在我有了儿子，我觉得我可以痛痛快快说一句了，我不希望我儿子是这样的人！"这话看似对儿子的规诫，其实也是对自己的要求。

刘恒是一位内心充满善意、与人为善的人。如果遇到为人帮忙说好话的机会，他一定会尽力而为。有一个作家评职称，申报的是二级。刘恒是评委，他主张给那个作家评一级。刘恒的意见得到全体评委的认同，那个作家果然评上了一级。刘恒成人之美不求任何回报，也许那个作家到现在都不知道为他极力帮忙的人是谁。同时，刘恒也是一个十分讲究恕道的人。子贡问曰："有一言可以终身行之者乎？"子曰："其恕乎！己所不欲，勿施于人。"我和刘恒交往几十年，在一起难免会说到一些人，在我的记忆里，刘恒从不在人背后说人的不是。刘恒只说，他们都是一些失意的人。或者说，他们活得也不容易。对网络传的对某些人的负面评价，刘恒说："我是宁可信其无，不信其有。各人好自为之吧！"

峣峣者易折，皎皎者易污。据说追求完美的人比较脆弱，比较容易受到伤害。刘恒遭人嫉妒了，被躲在暗处的人泼了污水。好在刘恒的意志是坚强的，他没有被小人的伎俩所干扰，以清者自清的姿态，继续昂首阔步，奋然前行。刘恒的观点是，我们应尽量避免介入世俗的冲突，避免使自己成为小人。一旦介入冲突，我们就可能会矮下去，一点点变小。我们不要苍蝇和蚊子的翅膀，我们要雄鹰的翅膀。我们要飞得高一些，避开世俗的东西，到长空去搏击。

（2010年3月5日至3月16日于北京和平里）

王安忆写作的秘诀

刘庆邦

至少在两个笔记本的第一页，我都工工整整抄下了王安忆的同一段话，作为对自己写作生活的鞭策和激励。这段话并不长，却有着丰富的内容，且坦诚得让人心悦诚服。我看过王安忆许多创作谈，单单把这段话挑了出来。如果一个作家的写作真有什么秘诀的话，我愿把这段话视为王安忆写作的秘诀。王安忆是这么说的："写小说就是这样，一桩东西存在不存在，似乎就取决于是不是能够坐下来，拿起笔，在空白的笔记本上写下一行一行字，然后第二天，第三天，再接着上一日所写的，继续一行一行写下去，日以继日。要是有一点动摇和犹疑，一切将不复存在。现在，我终于坚持到底，使它从悬虚中显现，肯定，它存在了。"这段话是王安忆的长篇小说《遍地枭雄》后记中的一段话，我以为这也是她对自己所有写作生活的一种概括性自我描述。通过她的描述，我们知道了她是怎样抓住时间的，看到了她意志的力量，坚忍不拔的持续性，对想象和创造坚定的自信，以及使创造物实现从无到有的整个过程。她的描述形象、生动。在她的描述里，我仿佛看到了她伏案写作的身影。为了不打扰她的写作，我们最好不要从正面观察她。只看她的侧影和背影，我们就可以猜出她可能坐了一上午，知道了她的写作是多么有耐心，是多么专注。看到王安忆的描述，我不由想起自己在老家农村锄地和在煤矿井下开掘巷道的情景。每锄一块地，当望着长满禾苗和野草的大面积的土地时，我都有些发愁，锄板长不盈尺，土地一望无际，什么时候才能把一块地锄完呢？没办法，我们只能顶着烈日，挥洒着汗水，一锄挨一锄往前锄。锄了一天又一天，我们终于把一大块地锄完了。在地层深处开掘巷道也是如此。煤矿的术语是把掘进的进度说成进尺，按图纸上的设计，一条巷道长达数百米，甚至逾千米，而我们每天所能完成的进尺不过两三米。其间还有可能面临水、火、瓦斯、地压和冒顶的威胁，不知要战胜多少艰难险阻。就这样，我们硬是在无路可走的地方开掘出一条条通道，在几百米深的地下建起一座座巷道纵横的不夜城。之所以联想起锄地和打巷道,我是觉得王安忆的写作和我们干活有类似的地方,都是一种劳动。只不过,王安忆进行的是脑力劳动,我们则是体力劳动。哪一种劳动都不是玩儿的,做起来都不轻松。还有,哪一种劳动都带有不同程度的强制性。我们的强制来自外部,是别人强制我们。王安忆的强制来自内部,是自觉的自己强制自己。我把王安忆的这段话说成是她写作的秘诀,后来我在她和张新颖的谈话中得到证实。王安忆说:"我写作的秘诀只有一个,就是勤奋的劳动。"她所说的秘诀并不是我所抄录的一段话,但我固执地认为它们的意思是一样的,不过前者是详细版,后者是简化版而已。很多作家否认自己有什么写作的秘诀,好像一提秘诀就有些可笑似的。王安忆不但承认自己有写作的秘诀,还把秘诀公开说了出来。在她看来,这没什么好保密的,谁愿意要,只管拿去就是了。的确,这样的秘诀够人实践一辈子的。

2006年底,中国作家协会召开第七次全国作代会期间,我和王安忆住在同一个饭店,她住楼下,我住楼上。我到她住的房间找她说话,告辞时,她问我晚上回家不回,要是回家的话,给她捎点稿纸来。她说现在很多人都不用手写东西了,找点稿纸挺难的。我说会上人来人往的这么乱,你难道还要写东西吗?

她说给报纸写一点短稿。又说晚上没什么事,电视又没什么可看的,不写点东西干什么呢!我说正好我带来的有稿纸。我当即跑到楼上,把一本稿纸拿下来,分给她一多半。一本稿纸是一百页,一页有三百个方格,我分给她六七十页,足够她在会议期间写东西了。有人说写作所需要的条件最简单,有笔有纸就行了。笔和纸当然需要,但一个最重要的条件往往被人们忽略了,这个条件就是时间。据说任何商品的价值都是时间的价值,价值量的大小取决于生产这一商品所需的社会必要的劳动时间的多少。时间是写作生活的最大依赖,写作的过程就是时间不断积累的过程,时间的成本是每一个写作者不得不投入的最昂贵的成本。每个人的生命在某种意义上说就是一个活的容器,这个容器里盛的不是别的东西,就是一定的时间量。一个人如果任凭时间跑冒滴漏,不能有效地抓住时间,就等于抓不住自己的生命,将一事无成。王安忆深知时间的宝贵,她就是这样抓住时间的。安忆既有抓住时间的自觉性,又有抓住时间的能力。和安忆相比,我就不行。我带了稿纸到会上,也准备写点东西,结果只是做做样子,在会议期间,我一个字都没写。一下子从全国各地来了那么多作家朋友,我又要和人聊天,又要喝酒,喝了酒还要打牌,一打打到凌晨两三点,哪里还有什么时间和精力写东西！我挡不住外部生活的诱惑，还缺乏必要的定力。而王安忆认为写作是诉诸内心的，她不喜欢和人打交道，她看待内心的生活胜于外部的生活。王安忆几乎每天都在写作，一天都不停止。她写了长的写短的，写了小说写散文、杂文、随笔。她不让自己的手空下来，把每天写东西当成一种训练，不写，她会觉得手硬。她在家里写，在会议期间写，更让我感到惊奇的是，她说她在乘坐飞机时照样写东西。对一般旅客来说，在飞机上那么一个悬空的地方，那么一个狭小的空间，能看看报看看书就算不错了，可王安忆在天上飞时竟然也能写东西，足见她对时间的缰绳抓得有多么紧，足见她对写作有多么的痴迷。

有人把作家的创作看得很神秘，王安忆说不，她说作家也是普通人，作家的创作没什么神秘的，就是劳动，日复一日的劳动，大量的劳动，和工人做工、农民种田是一样的道理。她认为不必过多地强调才能、灵感和别的什么，那些都是前提，即使具备了那些前提，也不一定能成为好的作家，要成为一个好的作家，必须付出大量艰苦的劳动。在我看来，安忆铺展在面前的稿纸就是一块土地，她手中的笔就是劳动的工具，每一个字都是一棵秧苗，她弯着腰，低着头，一棵接一棵把秧苗安插下去。待插到地边,她才直起腰来,整理一下头发。望着大片的秧苗,她才面露微笑,说嗬,插了这么多!或者说每一个汉字都是一粒种子,她把挑选出来的合适的种子一粒接一粒种到土里去,从春种到夏,从夏种到秋。种子发芽了,开花了,结果了。回过头一看,她不禁有些惊喜。惊喜之余,她有时也有些怀疑,这么多果实都是她种出来的吗?当仔细检阅之后,证实确实是她的劳动成果,于是她开始收获。安忆不知疲倦地注视着那些汉字,久而久之,那些汉字似乎也注视着她,与她相熟相知,并形成了交流。好比一个人长久地注视着一块石头,那块石头好像也会注视她。仅有劳动还不够,王安忆对劳动的态度也十分在意。她说有些作家,虽然也在劳动,但劳动的态度不太端正,不是好好地劳动。她举例说,有些偷懒的作家,将生活中的东西直接搬入作品,给人的感觉是连筛子都没筛过。如同一个诚实的农民在锄地时不能容忍有"猫盖屎"的行为,王安忆不能容忍马马虎虎,投机取巧,偷工减料,得过且过。她是勤勤恳恳,老老实实,一丝不苟。如果写了一个不太好的句子,她会很懊恼,一定要把句子理顺了,写好了,才罢休。

　　王安忆自称是一个文学劳动者,同时,她又说她是一个写作的匠人，她的劳动是匠人式的劳动。因为对作品的评论有雕琢和匠气的说法，作家们一般不愿承认自己是一个匠人，但王安忆勇于承认。她认为艺术家都是工匠，都是做活。千万不要觉得工匠有贬低的意思。类似的说法我听刘恒也说到过。刘恒说得更具体，他说他像一个木匠一样，他的写作也像木匠在干活。从劳动到匠人的劳动，这就使问题进了一步，值得我们深入探究。在我们老家，种地的人不能称之为匠人，只有木匠、石匠、锔匠、画匠等有手艺的才有资格称匠。一旦称匠，我们那里的人就把匠人称为"老师儿"。"老师儿"都是"一招鲜，吃遍天"的人，他们的劳动是技术性的劳动。让一个只会种地的农民在板箱上作画，他无论如何都画不成景。请来一个画匠呢，他可以把喜鹊闹梅画得栩栩如生。王安忆也掌握了一门技术，她的技术是写作的技术，她的劳动同样是技术性的劳动。从技术层面上讲，王安忆的劳动和所有匠人的劳动是对应的。这是第一点。第二点，一个石匠要把一块石头变成一盘磨，不可能靠突击，不可能在短时间内完工。他要一手持锤，一手持凿子，一凿子接一凿子往石头上凿。凿得有些累了，他停下来吸支烟，或喝口水，再接着凿。他凿出来的节奏是匀速，叮叮叮叮，像音乐一样动听。我读王安忆的小说就是这样的感觉，她的叙述如同引领我们往一座风景秀美的山峰攀登，不急不缓，不慌不忙，不跳跃，不疲倦，不气喘，扎扎实实，一步一步往上攀。我们偶尔会停一下，绝不是不想攀了，而是舍不得眼前的秀美风光，要把风光仔细领略一下。随着各种不同的景观不断展开，我们攀登的兴趣越来越高。当我们登上一台阶，又一个台阶，终于登上她所建造的诗一样的小说山峰，我们得到了极大的精神满足。第三点，匠人的劳动是有构思的劳动，在动手之前就有了规划。比如一个木匠要把一块木头做成一架纺车，他看木头就不再是木头，而是看成了纺车，哪儿适合做翅子，哪儿适合做车轴，哪儿适合做摇把，他心中已经有了安排。他的一斧一锯，都是奔心中的纺车而去。王安忆写每篇小说，事先也有规划。除了小说的结构，甚至连一篇小说要写多长，大致写多少个字，她几乎都心中有数。第四点，匠人的劳动是缜密的、讲究逻辑的劳动，也是理性的劳动。一把椅子或一口箱子的约定俗成，对一个木匠来说有一定的规定性，他不能胡乱来，不可违背逻辑，更不可能把椅子做成箱子，或把箱子做成椅子。在王安忆对我的一篇小说的分析里，我第一次看到了逻辑的动力的说法，第一次听说写小说还要讲究逻辑。此后，我又多次在她的文章里看到她对逻辑重要性的强调。在和张新颖的谈话里,她肯定地说:"生活的逻辑是很强大严密的,你必须掌握了逻辑才可能表现生活的演进。逻辑是很重要的,做起来很辛苦,做起来真的很辛苦。为什么要这样写,而不是那样写?事情为什么这样发生,而不是那样发生?你要不断问自己为什么,这是很严格的事情,这就是小说的想象力,它必须遵守生活的纪律,按着纪律推进,推到多远就看你的想象力的能量。"

以上四点,我试图用王安忆的劳动和作品阐释一下她的观点。其实这些都不重要。重要的问题在于,工匠的劳动是不是保守的?机械的?死板的?墨守成规的?会不会影响感性的鲜活,情感的参与,灵感的爆发,无意识的发挥?一句话,工匠式的劳动是不是会拒绝神来之笔?我的看法是,一切创造都是从劳动中得来的,不劳动什么都没有。换句话说,写就是一切,只有在写的过程中,我们才会激活记忆,调动感情,启发灵感。只有在有意识的追求中,无意识的东西才会乘风而来。所谓神来之笔,都是艰苦劳动的结果,积之在平日,得之在俄顷。工匠式的劳动无非是把劳动提高了一个等级,它强调了劳动的技术性、操作性、审美性、严肃性、专业性和持恒性。这种劳动方式不但不保守、不机械、不死板、不墨守成规,恰恰是为了打破这些东西。王安忆的大量情感饱满、飞扬灵动的作品，证明着我的看法不是瞎说。

但有些事情我不能明白，安忆她凭什么那么能吃苦？如果说我能吃点苦，这比较容易理解。我生在贫苦家庭，从小缺吃少穿，三年困难时期饿成了大头细脖子。长大成人后又种过地，打过石头，挖过煤，经历了很多艰难困苦。我打下了受苦的底子，写作之苦对我来说不算什么苦。如果我为写作的事叫苦，知道我底细的人一定会骂我烧包。而安忆生在城市，长在城市，父母都是国家干部，家里连保姆都有。应该说安忆从小的生活是优裕的，她至少不愁吃、不愁穿，还有书看。就算她到安徽农村插过一段时间队，她母亲给她带的还有钱，那也算不上吃苦吧。可安忆后来表现出来的吃苦精神不能不让我佩服。1993年春天，她要到北京写作，让我帮她租一间房子。那房子不算旧，居住所需的东西却缺东少西。没有椅子，我从我的办公室给她搬去一把椅子。窗子上没有窗帘，我把办公室的窗帘取下来，给她的窗子挂上。房间里有一只暖瓶，却没有瓶塞。我和她去商店问了好几个营业员，都没有买到瓶塞。她只好另买了一只暖瓶。我和妻子给她送去了锅碗瓢盆勺，还有大米和香油，她自己买了一些方便面，她的写作生活就开始了。屋里没有电视机，写作之余，她只能看看书，或到街上买一张隔天的《新民晚报》看看。屋里没有电话，那时移动电话尚未普及，她几乎中断了与外界的联系。安忆在北京有不少作家朋友，为了减少聚会，专心写作，她没有主动和朋友联系。她像是在"自讨苦吃"，或者说有意考验一下自己吃苦的能力。她说她就是想尝试一下独处的写作方式，看看这种写作方式的效果如何。她写啊写啊，有时连饭都忘了吃。中午，我偶尔给她送去一盒盒饭，她很快就把饭吃完了，吃完饭再接着写。她过的是饥一顿饱一顿的日子，我觉得她有些对不住自己。就这样，从四月中旬到六月初，在不到两个月的时间里，她写完了两部中篇小说。她之所以如此能吃苦，我还是从她的文章里找到了答案。安忆对自己的评价是一个喜欢写作的人。有评论家把她与别的作家比，她说她没有什么，她就是比别人对写作更喜欢一些。有人不是真正喜欢，也有人一开始喜欢，后来不喜欢了，而她，始终如一地喜欢。她说："我感到我喜欢写，别的我就没觉得和他们有什么不同，就这点不同：写作是一种乐趣，我是从小就觉得写作是种乐趣，没有改变。"是不是可以这样说，写作是安忆的主要生活方式，她对写作的热爱和热情，是她的主要感情，同时，写作也是她获得幸福和快乐的主要源泉。安忆得到的快乐是想象和创造的快乐。一个世界本来不存在，经过她的想象和创造，平地起楼似的，就存在了，而且又是那么具体，那么真实，那么美好，由此她得到莫大的快乐和享受。与得到的快乐和享受相比，她受点儿苦就不算什么了。相反，受点儿苦仿佛增加了快乐的分量，使快乐有了更多的附加值。

每个人有每个人的创作习惯，安忆的习惯对她的写作并没有什么决定性的意义，我就不多说了。我只知道，她习惯在一个大的笔记本上密密麻麻地写作，在笔记本上写完了，再用方格纸抄下来，一边抄，一边润色。抄下来的稿子其实是她的第二稿。她写作不怎么熬夜，一般都是在上午写作。她觉得上午是她精力最充沛的时候，也是她才思最敏捷的时候。在整个上午，她又觉得从十一点到十二点左右这个时间段创作状态最好。她还有一个习惯，可能是她特有的，也极少为人所知。她写作时，习惯在旁边放一块小黑板，用粉笔在黑板上写下一些句子。在北京创作中篇小说《香港的情与爱》期间，我见她写下的其中一句话是"香港是个大邂逅"，这句话在黑板上保留了相当长一段时间，我不知用意何在。小黑板很难找，我问她为什么非要一个小黑板呢？她说没什么，每写一篇小说，她习惯在黑板上写几句提示性的话。习惯是不可以改变的，我只好想方设法尊重她的习惯。

王安忆这样热爱写作，那么我们假设一下，她不写会怎样？或者说不让她写了会怎样？1997年夏天，我和王安忆、刘恒我们三家一块去了一趟五台山，后来我一直想约他们两个到河南看看。王安忆没去过中岳嵩山的少林寺，也没看过洛阳的龙门石窟，她很想去看看。2008年9月中旬，我终于跟河南有关方面说好了，由他们负责接待我们。我给王安忆打电话时，她没在家，是她的先生李章接的电话。我说了请他们一块儿去河南，李章说："安忆刚从外地回来，她该写东西了。"李章又说："安忆跟你一样，不写东西不行。"我？我不写东西不行吗？我可比不上王安忆，我玩心大，人家一叫我外出采风，那个地方我又没去过，我就跟人家走了。我对李章说，我跟刘恒已经约好了，让李章好好跟安忆说说，还是一块儿去吧。我说我对安忆有承诺，如果她去不成河南，我的承诺就不能实现。李章说，等安忆一回来，他就跟她说。第二天我给安忆打电话，她到底还是放弃了河南之行。安忆是有主意的人，她一旦打定了主意，任何劝说都是无用的。为了写作，王安忆放弃了很多活动。不但在众多采风活动中看不到她的身影，就连她得了一些文学奖，她都不去参加颁奖会。2001年12月，王安忆刚当选上海市作家协会主席时,她一时有些惶恐,甚至觉得当作协主席是一步险棋。她担心这一职务会占用她的时间,分散她的精力,影响她的写作。她确实看到了,一些同辈的作家当上这主席那主席后,作品数量大大减少,她认为这是一个教训。在发表就职演说时,她说她还要坚持写作,因为写作是她的第一生活,也是她比较能胜任的工作,假若没有写作,她这个人便没什么值得一提的了。当上作协主席的第一年,她抓时间抓得特别紧,写东西也比往年多,几乎有些拼命的意思。当成果证明当主席并没有耽误写作时,她似乎才松了一口气。我估计,王安忆每天给自己规定一定的写作任务,完成了任务,她就心情愉悦,看天天高,看云云淡,吃饭饭香,睡觉觉美。就觉得自己对得起自己,自己对自己有了交代,看电视就能够定下心来,看得进去。要是完不成任务呢,她会觉得很难受,诸事无心,自己就跟自己过不去。作为一个承担着一定社会义务的作家,王安忆有时难免会遇到这样的情况,她本打算坐下来写作,却被别的事情干扰了,这时她的心情会很糟糕,好像整个人生都虚度了一样。人说发展是硬道理,对王安忆来说,写作才是硬道理,不写作就没有道理。在我所看到的有限的对古今中外的作家介绍里,就对写作的热爱程度而言,王安忆有点像托尔斯泰。托尔斯泰把写作看成正常的状态，不写作就是非正常状态，就是平庸的状态。托尔斯泰在一则日记里提到，因为生病，他一星期没能写作。他骂自己无聊、懒惰，说一个精神高贵的人不容许自己这么长时间处于平庸状态。和我们中国的作家相比，就思想劳作的勤奋和强度而言，王安忆有点像鲁迅。鲁迅先生长期在上海写作，王安忆在上海写作的时间比鲁迅还要长，而且王安忆的写作还将继续下去。王安忆跟我说过，中国的作家，鲁迅的作品是最好的，她最爱读鲁迅。王安忆继承了鲁迅的刻苦、耐劳，也继承了鲁迅的思想精神。王安忆通过自己的思想劳作，不断发出与众不同的清醒的声音。写作是王安忆的第一需要，也是她生命的根基，如果不让她写作，那是不可想象的，所以我们还是不要做这样的假设为好。

写作是王安忆的精神运动，也是身体运动；是心理需要，也是生理需要。她说写作对人的身体有好处，经常写作就身体健康，血流通畅，神清气爽，连气色都好了。她说你看，经常写作的人很少患老年痴呆症的，而且多数比较长寿。否则的话，就心情焦躁，精神委顿，对身体不利。我不止一次听她说过，写作这个东西对体力也有要求，体力不好写作很难持久。她以苏童和迟子建为例，说他们之所以写得多，写得好，其中一个原因是他们的身体比较壮实，好像食量也比较大，精力旺盛，元气充沛。我很赞同安忆的说法，并且与她有着相同的体会。我想不论是精神运动，还是身体运动，其实都是血液的运动。写作时大脑需要氧气，而源源不断供给大脑氧气的就是血液。大脑需要的氧气多，运载氧气的血液就得多拉快跑，保证供应。血流加快了，等于促进了人体内的血液循环，对人的健康当然有好处。拿我自己来说，如果一时找不到好的写作入口，一时进入不到写作的状态，我就头昏脑涨，光想睡觉。一旦找到写作的题目，并进入了写作的状态，我的精神头就提起来了，心情马上就好了，看什么都觉得可爱。我跟我妻子说笑话："刘庆邦真是个苦命的人哪！"我妻子说："你要是觉得苦，你就别写了。"我说："那可不行！"

朋友们可能注意到了，我翻来覆去说的都是安忆的写作、写作，没有涉及她的作品，没有具体评论她的任何一篇小说。我的理论水平比较低，没有评论她作品的能力，这点儿自知之明我还是有的。一个高人评论一个低人的小说，一不小心就把低人的小说评高了。而一个低人评论一个高人的小说呢，哪怕费尽九牛二虎之力，所评仍然达不到高人的小说水平应有的高度。王安忆的小说都是心灵化的，她的小说故事都发生在心理的时间内，似乎已经脱离了尘世的时间。她在心灵深处走得又那么远，很少有人能跟得上她的步伐。别说是我了，连一些评论家都很少评论她的小说。在文坛，大家公认王安忆的小说越写越好，王安忆现在是真正的孤独，真正的曲高和寡。有一次朋友们聚会喝酒，莫言、刘震云、王朔纷纷跟王安忆开玩笑。王朔说："安忆，我们就不明白，你的小说为什么一直写得那么好呢？你把大家甩得太远了，连个比翼齐飞的都没有，你不觉得孤单吗！"王安忆有些不好意思，她说不不不。不知怎么又说到冰心，说冰心在文坛有不少干儿子。震云对王安忆说："安忆，等你成了安忆老人的时候，你的干儿子比冰心还要多。"我看王安忆更不好意思了，她笑着说："你们不要乱说，不要跟我开玩笑。"

写王安忆需要勇气。梦玮约我写王安忆，我说王安忆不好写，你别着急，容我好好想想。梦玮是春天向我约稿，直到秋天我才写出来。我一直对王安忆满怀敬意，我写得小心翼翼，希望每一句话都不致失礼。1993年，林建法也约我写过王安忆，我对王安忆说，我怕我写不好。王安忆说："没事的，你写好了。"又说："每个人写别人，其实就是写自己。"我想了想，才理解了安忆的话意。一个人对别人理解多少，就只能写多少，不可能超出自己的理解水平。如果有些地方写得还可以，说明我对安忆理解了。如果写得不好，说明我理解得还不够，接着理解就是了。

（2009年9月3日至9月11日于北京和平里）

毕飞宇、白上之黑的无限

庞余亮

惜墨如金的人很多，但真正像毕飞宇这样"吝啬"文字的不多。比如已经成为短篇小说经典的《是谁在深夜说话》，仅仅四千多字，恍如南京的云锦，巧夺天工的织物。

用云锦比喻毕飞宇的小说还有点不恰当。小说领域的这十年，一个名字被人反复说起。这个人就是毕飞宇。也许毕飞宇来自水乡泽国，所以这十几年，毕飞宇的小说就像神奇的息壤一样，在如洪水一样的文字中，不但没有被湮没，反而在有意无意的湮没中越来越坚定，也越来越辉煌。

毕飞宇已成好小说的符号，也成为读者的焦点。

有人说读他的小说就像是在夏天里吃冰淇淋。这是阅读的感觉。但小说是份手艺活计，可以说是白上之黑。这白纸黑字的东西对每个人都是一种考验。谁能够有足够的力量保证那白上之黑的生长？

这些年，只要和文友们在一起，作为毕飞宇小说的爱好者，我们总是要谈起毕飞宇，他和他的小说。因为他的独特，因为他的优秀，让人羡慕，也让我们说不清楚地佩服。总而言之，我们心甘情愿地被毕飞宇的小说"俘虏"。一位北方作家对我说，他当年读《玉米》，仅仅读了一半，就把书一扔，感叹地说："有了它，我们还写小说干什么？"

毕飞宇已成了年轻小说家的榜样。

榜样是用来学习的，也是用来赶超的。研究毕飞宇的小说就成了我们的当务之急。但结果是：在外国文学的岛屿中，找不到毕飞宇的落脚点。

这好像有点窥视欲的味道。其实，在当今文坛，有一个奇怪的现象不能不说，中国当代有许多好小说家，他们为我们贡献了许多好小说，但在这些好小说中，似乎都能在外国优秀小说家的岛屿上找到一些树、一些草，甚至有蛛丝马迹。也就是说，会找到可能的师承——这不足为奇，这就是影响，可以作为影响的焦虑，也可以作为影响的因果。每个人的走路都需要支点，能够找到支点并能够健步如飞的就成了优秀作家。

——就看你能不能把文学的胎衣埋得很深很深。

用另一句话来说,看你的消化能力,对汉语小说的传统,对可能的文学遗产,对当代的消化能力:每一个手艺人都会找到属于自己的汉语之光。因为小说的湮灭是可怕的。作家唯一可做的就是完成自己。

毕飞宇的生长轨迹似乎和中国其他优秀作家一样。先是先锋,然后再蜕变,再找到自己的那个地方。

但毕飞宇在先锋里的时间实在是太短了,短得几乎没有痕迹。就像一个在操场上写字的人,写着写着,他就写过了围墙,写到田野里去了。

有人说,中篇小说《叙事》是毕飞宇的先锋。我觉得,那是先锋的另一种可能,也是毕飞宇小说中最值得重新研究的小说。这《叙事》中,可以找到后来的《是谁在深夜说话》《青衣》,也可以找到后来的《玉米》,更可以找到后来的《地球上的王家庄》,找到后来的《平原》。

但毕飞宇不是自我重复的人,他与生俱来的"息壤"品质,就决定了他是"自己长自己"的小说家。

现在看来,《叙事》其实也不属于先锋,也不是集大成,它是一个转折点。在《叙事》里,毕飞宇展示了烹饪文字的另一种技艺。年轻的《叙事》是毕飞宇自己也无法逾越的一种可能。也许他自己也意识到了这一点，所以毕飞宇就开创了另一种可能，也就是另一种现实。

"息壤"的成长是需要力量的。毕飞宇有他的哲学准备，这哲学准备是许多作家无法准备的。毕飞宇有强大的消化能力。他的那种想象中国的方法属于最沧桑也最忧郁的汉语。毕飞宇回到中国的大地上，他的撤退令许多朋友不快。有人说他从先锋中撤退得太早了，也就是说他老了。

他承认自己老了。

毕飞宇的回答没有掩饰。一旦没有掩饰，那毕飞宇的内心就无比强大。他有他的自信，使得他一步一步地走到了小说等待他的位置。

强大的还有他的文字。每一个优秀的画家都解剖过人体，每一个优秀的作家都解剖过优秀小说。他像一个技艺精湛的画家。小说的一切他都爱惜，并且成了习惯。他把所有的能量全部集中到小说中了。比如他每天的举重锻炼（献给小说以最好的体力）；比如他的专注（献给小说以最好的技艺）；比如他的简单生活（献给小说以最好的精力），"息壤"的生长永不停息。直到他长成了毕飞宇的一切。

从《哺乳期的女人》《地球上的王家庄》《写字》《怀念妹妹小青》《白夜》《蛐蛐　蛐蛐》，中篇小说《青衣》再到《玉米》《玉秀》《玉秧》。就拿《玉米》来说，文字的松弛有度，简直成为众人叙说的风景。

简直就是小说给我们的大惊喜。

找不到外国文学的师承，后来有人就说那毕飞宇的小说里面有《红楼梦》，有张爱玲，有白先勇，有王安忆，但都不是，毕飞宇只是毕飞宇，恰如北斗不是启明。

每个文学家的因果都是有特定的。一步、一步地走向枝头，那延续的果实不是你选择了它，而是万有引力把果实打到了你的头上。

毕飞宇修成了中国汉语小说的正果。

有人说他是幸运的，其实不是。从先锋中撤退下来的毕飞宇就站在一棵很"中国"的树下，也许是土生土长的"七十年代"的树，也许是在九十年代锈迹斑斑的"八十年代"的树，或者这棵树，就长在王家庄，苦楝，抑或榆树，他在"树"下站了很长很长时间。

那是在夜晚，在白天之外的黑夜。毕飞宇总是在深夜里写作，总是在深夜里"走神"。在夜晚再看白天的喧嚣。在夜晚再看白天的灰烬。他在闲庭信步,其实胸中有千军万马。小说的节奏、走向、长短,叙述的干涩、厚薄和冷暖,还有小说的肌理,毕飞宇处理得那么的细致和饱满。这样的工笔的辛苦是怎样才能达到呢?

所以,每一个黑夜里的毕飞宇走在白纸上,那实际上是在保持和现实的距离,也是和作家的距离,也是对南京以及当下的走神。这种距离使得他有了一种超越。那是对现实机警的超越。

所以毕飞宇的小说最不像谁的小说。但是汉语文学的正果。汉语小说的长廊上,那么多的神奇,还有那么多的人物。那是怎么样的梦啊?又是怎么样的现实?

写《玉米》的那几个月,毕飞宇简直丢掉了一切。他写得那么累,又是那么的快乐。玉米的每一个人物都在纸上走动。王家庄啊。有福的王家庄。王家庄是什么?王是中国最大的姓,整个中国都是王家庄。

说到底,还是毕飞宇摆脱了自己的焦虑,他愿意被一个人物苦苦地纠缠。那么多的人物就在纠缠中活了过来。他从最中国化的叙说中让汉语小说达到了宽广、丰满和健康。

比如《青衣》中的筱燕秋,那哪里只是青衣,根本就是经历过黄金八十年代的我们。她是1980年代纯情诗人在物质主义时代中必然的遭遇。不甘的人，不甘的心。读完之后，从未有过那巨大的艺术力量撞击我们。青衣就是我们自己。溃不成军的理想啊，还有疯狂，现在到什么地方去了呢？你想不想再找回来呢？

臣服，已经好久没有了。

我们都有自己的生活，但我们总是想把自己的生活在创作中给漏掉，或者过滤掉。但毕飞宇不。画家说："我的每一幅画中都装有我的血，这就是我画的含义。"放到毕飞宇的小说里，同样适用。他对人生的百态充满了兴趣、关注和信心。他对"人"充满了关注。

其实毕飞宇就是以小说为宗教的人。

好小说就是珍惜的回报。好的小说都是有体温的，体温下面是有血的，这血都是优秀作家在你身上血的再版。鲁迅贡献了《阿Q正传》，阿Q在我们的灵魂深处，那《青衣》中的筱燕秋又何尝不是我们的另一个名字，或者是月亮下的影子，你否定不了的，骨子里的那份固执，也是我们的命根子。

每个小说家都有自己的雄心，毕飞宇肯定也是有雄心的。比如《平原》，那里面的爱与恨，扭曲与灼热，有人不愿意正视,平原其实就在当下,也在王家庄的风中水中土中。端方就是我们的同事、领导和儿女。

还有玉米呢?

玉米是王熙凤吗?玉米是尹红艳吗?是曹七巧吗?可能都是,又可能都不是。

玉米就是我们的食指。指到哪里,哪里都是疼痛的食指。还有施桂芳,我们疲惫的大拇指。王连方,我们不堪的中指。玉秀,我们的小拇指。还有玉秧,自生自灭的无名指。一家子,伸开来,是一个命运线交叉的巴掌,缩起来,是一个骨头与骨头较量的拳头。

——它砸在我们沉睡已久的额头上。

还有语言,毕飞宇的语言与莫言的语言、苏童的语言、王朔的语言,都成了汉语小说的贡献。

当然还有细节。比如《玉秀》中一个极平常的细节,当玉米跪到为郭主任开船的郭师傅面前要求郭师傅也为他保密时,郭师傅也跟着跪下了,并对玉米说了一句:"郭师娘,我以党性做保证。"此时的郭师傅就必须要姓郭,而且必须要入党。还有《地球上的王家庄》中的地图。还有《玉米》中的嗑瓜子。《白夜》中那只苏格拉底的猫。《是谁在深夜里说话》中的明城砖。

随便说出哪一部小说，里面的细节都是信服的精心，随意的真诚——经典的，也是最恰当的。在《相爱的日子》里，我们爱得那么热闹，却是那么的荒凉。那里面的宇宙感超过了《地球上的王家庄》。荒芜的不是那对爱的人，而是象征了我们周围的世界。越是热闹，越是荒凉。那是一片荒原，和艾略特诗歌中一样的荒原，预言一样地来到了。我们就在荒凉的拥抱中取暖。

还有我特别喜爱的《家事》，这是一篇2007年度非常出色的小说，通过我们生活的子宫生下的儿女们，我们就在他们的身边，但他们视而不见，他们找不到我们，反而满世界盲目地寻找。表面上，只是写了中国人的伦常的消解。但不仅仅如此，它的价值其实不亚于当年的《班主任》。

因为那里面真的洋溢了汪政先生所说的"短篇精神"。

我突然想到了另一个根深叶茂的老毕：毕加索，两个老毕是何其的相似，都是会生长的人，都是根深叶茂的。

所以，有了毕飞宇，那白上之黑就有了深不可测的无限和未来。

叶弥小说的腔调

鲁敏

我认识叶弥很迟,而看她的小说则更迟一些。

这之前,有人跟我说,"叶弥啊,你看她的小说,完全不像她这个人。"

一个人的小说,是否要"像"这个人,或者说这个"像",又是什么角度与意义上的像,这个问题大概需要另外谈——我们熟悉的许多作家,其人其作,有的相似度极高,有的错位得厉害,这两种情况,或有失望,或有惊喜,并无定势……

总之,我是先认识她这个人的,但绝不是一见如故、相见恨晚那样的流程。因为说句实话,我感觉她好像有一点怪,固执,像是不通人情,用她小说里的一个词,叫"土性"。但跟她小说里的江南才子不一样,对这样的人,我虽也同样感到一种

"怕",感到不适应,但这个怕与不适应,其实是高兴的意思。我最高兴看到有些格格不入的事物与人——因为我向往而做不到。

然后才去看她的小说,也没看几篇:《天鹅绒》《小女人》《猛虎》《马德里的雪白衬衫》《"崔记"火车》。这当然不能完全代表她的不同时期与不同风格,甚至这几篇也不全是她最出色的产出。但够了。我不能够再看了,或者暂时不愿意再看了。为什么?因为她仗着她的小说欺负人了。

看了小说,我写短信去,她回:我是个愚蠢的人,小题大做的人……

唉,小题大做!我正是被这个给弄得不肯再往下看了!

人们夸耀某人高超的技巧,都爱说"举重若轻""绕指为柔",就是把大得不得了、难得不得了、狠得不得了的事情,弄得跟羽毛或头发丝一样,极轻松地玩弄于股掌并嬉笑如常,看的人个个都知道拍手喝彩——可是反过来试试看,把羽毛弄成铁,把头发丝弄成钢管,有几个会弄的?或者有几个肯这样弄的?

叶弥就会,并且太会弄了,会得让人愤怒、百肠纠结。她的小说，要真正说起来，把其大意讲给一个粗枝大叶的莽汉去听，哎呀，有什么嘛，那个有什么嘛，屎尖子大的个事情，还是个男人吗，要老子我早就……可也许就在下一秒，这个莽汉本人就会回过头来气恼地追问一句：那么，到底，他妈的，那雪白衬衫上的六个小黑点是什么意思？

这就是她小说的狠，一丝丝不肯将就，只要有一点毛刺给勾了一下，日子就好比整匹的布料，完全而永远地毁了，每一个见到这匹布料的人，都会为之失去宁静。

当然话说回来，这样小题大做、往死里揪着小毛刺不放的写法，也有，还不少，但小题大做的难度在于落脚点。

这就要谈到此类小说的结局——正所谓要狠容易、收场难，尤其作为同行，不免一边看她要一边抿着嘴不敢叫好，因为生怕她行进到后面，散了。要知道，有多少的好篇章，尤其是短篇，开头都同样的惊人，中间都同样的惊险，但偏偏"做"到最后，要结尾了、要结尾了——作家自己本人先自慌了，阵脚一乱，破绽补都补不住，好不容易蓄下的水沥沥拉拉洒了一半，委实令人心疼。

可叶弥不大肯给人这种心疼的机会，她稳，她笃定，从头到尾都这个样子，因为她有她的道理与依靠——她小说里的人，你竟不能说他们是疯魔或是病态的,这太粗暴,也不公平。《天鹅绒》里的小队长也好,《马德里的雪白衬衫》中的马德里也好,还是那个小女人凤毛也好,他们完全有他们的逻辑,他们的头脑清醒极了,可这清醒也像是寒冬腊月里深夜的地面,坚硬,一点弹性都没有,任何人都没有办法使他们去化冻,除非他本人,比如小队长——这一天,他想消失了,于是他自己化掉了。

顺便插一句,说那个《天鹅绒》里的穷女人。她是个配角,或者说是个药引子,但就这么个穷女人,叶弥大约用了一千来字的笔墨,概括掉她的一生。就这么一生,同样也极为稳妥,经得起一百个推敲。这篇小说里,我尤其地喜欢这个穷女人。

"她不知道自己能清醒多少时候,赶紧梳了头,洗个澡,穿上鞋子,乘着清醒又自尊的时候,急急忙忙地跳河了。"你看,这种疯子式的死,太像这个穷女人了,她就应当这样去死,这根本不是叶弥写出来的——因为我不知道叶弥是怎么写出来的。

接着说叶弥小说的结尾。

中国昆剧里,把中场称为"小煞",终场称为"大煞",前者讲究"留有勾想",后者要"收于无形",而叶弥小说的结尾,却好似把这两者都占了。只举一例。

看她《天鹅绒》的倒数第二段。

　　答案是会的。所有的人都这么说，唐雨林是个侠骨柔肠的男人。他如果想杀李东方，早就下手了，何必等到一定的时候。可以这么说，这是李东方自己找死。疯女人的儿子在一刹那驾驭着自尊滑到了生命的边缘，让我们看到自尊失控之后的灿烂和沉重。

要一般的处理，好比结毛线衣，这里就好收头了，已经相当之圆满了，该暗示的该华丽的，统统出来了，相当于爬到了第九十九级台阶了。可是不，叶弥没有完。歇了一小口气，空了一大行，一长段的沉默之后，一个跳跃般的尾声才真正出场。

　　李东方死后的若干年后，公元一九九九年，大不列颠英国，王位继承人查尔斯王子，在与情人卡米拉通热线电话时说："我恨不得做你的卫生棉条。"这使我们想起若干年前，一个疯女人的儿子，一个至死都不知道天鹅绒为何物的乡下人，竟然说出与英国王子相仿的情话："我要做你用的草纸。"

于是我们思想了,于是我们对生命一视同仁。

看到这里,看到貌似十万八千里的查尔斯王子与卡米拉,再看到最后一句,看到"思想"一词,看到最后那个字,一视同仁的"仁"。哎呀,何止是再上一级台阶,而是又另外上了个九重天哎。

——她就这么地一步步地,把个"小"做得如此之"大",庞然、压顶、不可呼吸。

真是把人给欺负狠了。

为什么竟会觉得被欺负了?我想了想——同样是好文章,其好,却又各不相同。比方说,她的小说,并不柔顺,而是尖锐,可这尖锐,又兼具仁厚的成分,读来心知意会,但却令人痛苦。

我想到了"腔调"。

"腔调"这个词,说来好像比较俗气,甚或有些江湖气,像上海人周立波最爱说的,做人要有腔调——这句话说来动听,但不好做,因为做人这件事,做着做着,大家都泯然众人或装着泯然众人,腔调都成了大合唱……

那么另一方面，为文要有腔调，如何呢？恐怕也好不到哪里去。有人觉得这大概要容易些，就好比说话总归会有口音，写小说么，总归会有文风。可是，这个口音与文风的问题，也蛮复杂的，弄不好，就永远停留在口音与文风的地步：文风流畅、用词犀利、笔锋老到、行文幽默……这些都是文风，也是语感，没有错的。但若要再进一步，成其为一种腔调，私以为大不易，也极宝贵。

叶弥的一部分小说，就具有了她的腔调。

她这股腔调，约莫可以这样描述：慢、简洁、有控制、掐尖儿；具体到个别情况下，还包括犹疑与狠毒……当然也不尽然。腔调这东西，本身就是抽象性的，用具体的理论去解释，更绝非我的强项。

只有用笨办法，仍旧录她的原文，仍以《天鹅绒》为例，请允许我就盯着这一篇说好了。

写唐雨林与痞子们的关系——

唐雨林对泼皮们说："有时候，我是你们的朋友……"泼皮们响应："是朋友啊！"

唐雨林又说："有时候，我是你们爹。"泼皮们再次响应："是老爹啊！"

这就是一种典型的掐尖儿式的腔调,两句傻乎乎的重复性的咏叹,表现唐某的侠义情怀、众人对他的服膺,足足够了。可同时,在这两句话的言外之意里,不知为何又看到了唐雨林的极端无聊……

……唐雨林站在屋前眺望落日。西边的天空上不断变幻色彩,从桔红到桔黄是一个长长的芬芳的叹息,从桔黄到玫瑰红,到紫色,到蓝灰,到烟灰,是一系列转瞬即逝的秋波。然后,炊烟升起来了,表达着生活里简单的愿望……

光从写景角度看,这几句没什么惊人,但这是谁在看景?是唐雨林啊!他又是在什么背景下看景?是他欲杀李东方而不得为的背景下啊!更何况,这整篇小说里写景的笔墨殊为吝啬,每到一个怪异的关头,无知而迷人的大自然就出来了,甜美地活生生地对比着,令人目光流连、不忍离去——这也是叶弥小说的腔调,会打岔,会控制,绝不放纵悲情与惨烈,这好似是客气与节约,但我又觉得,这正成了她小说令人神伤和痛苦的地方。

顺便扯一句,我一向觉得,小说写得是否地道就是看这种控制与收放的能力,看走走停停、忽快忽慢的节奏感。有的小说,不急不慌像在烤火,才读半页,浑身都燥热,可写小说的认为那正是其特色；再或者，有的小说则照顾你的时间，一路往前狂走，于是被夸为一气呵成之类，但我觉得这些都不是最妙。妙的小说好比有趣的人，真诚，天然，活泼而多情，得意时会四顾，苦痛时会迂回，疾走时物是人非、流年忽忽，驻足处方寸万千、肝肠寸断。

话再说回来。叶弥小说的腔调还包括她的人物对话，典型的例子太多了，这里不一一举了，否则像在抄她的小说。她小说里的对话通常较短促，用词平常，却极险恶——这个恶，我不是取其本意，而是借它形容一个程度，指对话逼迫人心的程度，这种逼迫，我认为，就是恶的。而能够把对话做到险恶，这也是形成她小说腔调的一个要素。

……说了这么碎，却似乎还是没有说清腔调的确切含意，但为什么、一定要确切？

——可以定义的事物往往是狭窄和有限的，反之，则是广阔和耐人寻味的，我愿意让"小说的腔调"这个词成为后者，成为一个不可捉摸、囫囵吞枣的东西，有了，人人心中有数，没有，装也装不出。

悲欢都在忧患里
——与陆文夫的半生交

宋词

人到老年日子过得更快了，陆文夫去世已六周年。他长我四岁，写信时我称他文夫兄，平时叫他老陆，大家也都叫他老陆，很亲切。他历经坎坷与苦难，五十岁后重出文坛，佳作迭出，成大名，居显位，生前备受尊崇，身后极具哀荣。相交半生，六年来魂牵梦萦，总想写一写这位曾经忧患与共的朋友，每当拿起笔时，往事纷乱，感情潮涌，悲从中来，不知从何写起。最近又重读了他的大部分作品，翻阅了数十篇对他的评论和研究文章，从人品、文品、作品，到平生经历、待人处世、性格感情、饮食爱好，方方面面都写到了。我还写什么呢？我要把在他生前想对他说而未说的话说出来，写我所知人所不知者，我所言而人所不能言者，倾吐真情，坦诚心迹，虽生死相隔，冥冥中老陆有知，两无憾矣！

一起一落

老陆经历升沉荣辱，人们习惯说他在文坛"三起三落""三进三出"，不太准确；老陆自己说他"三起两落"是对的。我与老陆的交往是从他"一起一落"开始的。

1956年是环境宽松的一年，知识分子感到心情舒畅、生活美好，老陆发表了成名作《小巷深处》，我写的豫剧《穆桂英挂帅》也轰动京城，前途一片光明。1957年春天，在"鸣放"高潮中我们相识，都进了江苏省文联的创作组，当上专业作家。好景不长，风暴骤起，"反右"运动中老陆因参加"反党集团"《探求者》受审查，我也因与另一"右派集团"——"江南草"有牵连要坦白交代，一同关在湖南路72号一座小楼里。在这一场浩劫中，比起划为"右派"分子的同类，我和老陆是幸运的，没有被开除、被劳教、被劳改、被发配。他受到记过降级处分，回苏州进工厂当工人；我下放农村当新农民，还可以选择到江南鱼米之乡、风景优美的太湖之滨，却不知在政治身份上已内定为"中右"，打入"另册"。我们还感激涕零，真诚地认为是党的宽大和挽救，要在劳动中脱胎换骨地改造。

"反右"后期,在等待结论和处理的日子里,《探求者》同仁因属"同案犯"不便来往,老陆孤身在南京,我便约他去饭馆喝酒,或到我家里小酌。酒逢知己,人生乐事,可以忘忧解愁。老陆温和儒雅,平易可亲,恃才而不傲物,有谦谦君子风。刘勰《文心雕龙》所说"音实难知,知实难逢",和老陆成为朋友,确有"千载其一"之感。1957年底,我下放到无锡县南泉乡当农民,他回苏州进了阊门外一家机床厂做车工。无锡离苏州很近,我是个渴望友情、耐不住寂寞的人,经常在星期六乘火车到苏州去看老陆,带一瓶洋河大曲、一盒无锡排骨,到苏州后坐一路汽车在怡园站下来,快到铁瓶巷口时心情便激动不已。老陆住在巷内报社宿舍最后一进的西楼上,里外两室,还有一亭子间。妻子管毓柔对老陆关爱备至,待客热情,每次一进门便有一种"似我家"的温馨。等到老陆下班回来,菜已备好,他变得粗糙沾有机油味的手举起酒杯,开始对饮。我和他都是喝慢酒的,边喝边谈,畅叙衷肠,同是落难之人,都需要真诚的友谊,感情的交流,互相的慰藉,所受的屈辱,遭遇的白眼,所有的痛苦似乎都融化在杯酒中。

每次都是毓柔一再劝止,我们喝到酒酣耳热、半醉半醒,已是深夜。我和老陆睡在亭子间的大床上,抵足而谈,谈到昏昏入睡。第二天中午再到松鹤楼小酌,要一盘酱方,大快朵颐、补充油水,饭后我返回无锡。不久"大跃进"开始,他日夜加班,吃住在工厂;我也在田里"大干、苦干、拼命干",但仍然寻找机会,冒着挨批评、受处分的风险,偷偷去看过他两次。

那时我们都年轻,未曾真识"愁滋味",对生活还充满美好憧憬,对前途还充满希望。我和他性格不同,他偏于理性,我重于感情;他平和谦虚,我恣情任性;他才气内蕴,我锋芒毕露;他聪明机智,我胸无城府。他对我的缺点很清楚,但知道我有一颗赤子之心。在以政治划线、人情淡薄的年代,在他"破帽遮颜人前过"、连鬼都不上门的沦落之时,我主动、真诚、热情地投向他,他交了我这个朋友。

我们这一代的知识分子,思想资源是很贫乏的,没有受过"五四"的启蒙教育,不知道民主、自由的现代意义。我和老陆在1949年前后参加革命,接受的是共产党的主流意识形态,并不懂马列主义,只知道听党的话,跟党走。我们身上都有大家族血脉,受过传统文化的熏陶,童年读过《论语》《唐诗三百首》《古文观止》;文学方面从看武侠、公案、言情小说,到《水浒》《三国》《红楼梦》,再到鲁迅的《呐喊》《彷徨》、茅盾的《子夜》、巴金的《家》《春》《秋》。让我们眼界开阔、受影响最深的是十九世纪批判现实主义大师们的经典名著，和苏联当代作家高尔基、肖霍洛夫、法捷耶夫的作品。这是我们共同的一点单薄、贫弱的文学根基，学一百遍《讲话》也动摇不了，成为"祸根"。老陆说："我开始创作时都是歌颂。""我是老牌的歌德派呀！为什么还要被批判？"就因为不能随波逐流，按照"公式化""概念化"的框子去宣传政策，做"驯服工具"。从生活出发，写真实，写人物的个性，有点艺术性，竟然是触犯"天条"的。老陆虽有才华也只能写出《小巷深处》，写不出《不能走那条路》《艳阳天》。

再起再落

1959年我仍在无锡农村劳动，从南泉调到华庄红旗公社。经过一年"大跃进"，像大变了一场戏法，把丰衣足食的鱼米之乡变成十室九空，农民都在忍饥挨饿，"三面红旗"仍在高举。我在公社文工团劳动，较为自由，又可以抽空去苏州看老陆，不过市场上再也买不到洋河大曲和三凤桥的排骨，只能带一瓶土烧酒和两斤豆腐干。老陆比我改造得好，在艰苦劳动中钻研技术，评上先进，成为三级车工。

我和老陆没有经过为朋友两肋插刀的生死考验，我们只是在苦难和忧患中共命运、同甘苦、不离不弃、相濡以沫。举杯对饮，说说心里话，大醉一场，是最大的快乐。我和他都抽香烟，且烟瘾很大，在三年困难时期，香烟是紧张商品，凭票供应，高级烟更是难得，我搞到好烟一定留着与他分享；他也如此，有一次我去看他，一进门他高兴地说，就等你来，我留了两包好烟。打开衣橱门取出两包"牡丹"，拆开一抽，一股樟脑丸味，十分扫兴，忘记烟和茶都易串味。说到酒，洋河、双沟买不到了，土烧上头，改喝绍兴花雕。我们那时对喝茶还不讲究，喝普通的炒青，他还喝一元一斤的"高末"。在饥饿的年代，一次我在他岳母家等他下班吃晚饭，他中午没吃饱，连吃了三大碗满满的酱油干拌面条。后来他写《美食家》出名而成为美食家，每当出席盛筵，品评佳肴，指点名厨，我都会想起他连吃三大碗酱油干拌面条的情景。

二十世纪六十年代初，政治气候转暖。我先调回南京，仍到剧团当编剧，不久老陆也重回江苏省文联创作组。他先后发表了《葛师傅》《介绍》《二遇周泰》，受到广泛好评。我的短篇小说《落霞一青年》也在《人民文学》发表。这一时期，我和他交往更多，他一人在南京，成为我家的常客，我妻子是位著名演员，享受"高知"的特殊待遇，能买到好烟好酒和副食品，我们经常欢聚畅饮，共过一段安乐时光。老陆重返文坛后，更加理智，"小心谨慎，不敢得意忘形"。作品以歌颂为主，写工人，写劳动，写崇高、美好的精神和人格。茅盾发表文章对他的作品高度称赞，老陆成为文坛一时的红人。好景不长，风云突变，1964年"社教"运动中他被批判，老账新账一起算，比1957年厉害几倍，昨天还是朋友转脸便落井下石，他彻底绝望，几次想从灵谷寺塔跳下去。我写的《落霞一青年》也惹了祸，因在日本被评为"冲破'禁欲主义'的典型"（天晓得，我当时还不知道什么是'禁欲主义'），被列为反党反社会主义毒草。

我们又成为难兄难弟，都在被批判审查中，尚未隔离，没有完全失去自由，还能偷偷见面。一天我们密约到东郊灵谷寺，几天前曾国藩四世孙女、南京博物院院长曾昭燏从灵谷寺塔跳下惨死。面对高塔，老陆说他也想从塔上跳下，想到家庭、妻女才断了此念。中午到餐厅，点了酒菜，发现一位和我们有交往而且要好的朋友携夫人也在餐厅用餐，看见我们后，这位朋友转过身去，很快和夫人匆匆离去，唯恐受到牵连。人情淡薄，我和老陆相对黯然！不久，做出处理结论，老陆的罪名是"反党"和"翻案"，逐出文学艺术界，长期到工厂劳动。我被迫与妻子离婚，送淮海农场劳动锻炼，实为监督改造。我在《怀文夫》第七首中写道："妻离家破君怜我，身败途穷我痛君。"这一次都落入谷底，在月暗灯昏的丰富路巷口洒泪而别。

我在农场对老陆的思念与日俱增，写了《怀文夫》八首。一年后的春节前，经农场政治处批准，我请假回南京医病，先到上海与已离婚情未断的前妻相会，她姐姐家不能留，旅馆不敢住，年初二同到苏州老陆家，于是有了《初二夜大醉》那首七律。诗注中记下当时情景：

> 余去铁瓶巷文夫家，至楼下，锦锦在踢毽，欢呼一声宋叔叔，余甚感动。故友重逢，同在难中，倍感亲切。傍晚，前妻也至。余从沪带来五粮液，与文夫痛饮。一年来种种遭遇，所受苦难折磨，尽情倾吐。饮至深夜，余与文夫皆大醉，啼哭不止。毓柔扶文夫，前妻扶余，声声劝慰。是夜与前妻同宿文夫家亭子间……

在老陆家的第二天，一位被老陆后来称为"武林高手"的老兄前来拜年，他和老陆既是同事，又都写小说，一个是又红又专的左派，一个是右派，一个是运动中的积极分子，一个是被批判的对象。我若被他看见，他一定会向领导汇报，我躲进了亭子间。不料躲了初一躲不了十五,我回南京的早晨,老陆送我到汽车站,那位老兄也在排队等车,只好上前招呼。时时都生活在恐怖中。

"文革"初期,老陆已是底层的一个普通工人,群众关系好,倒也平安无事。前面提到的那位"武林高手"摇身变为江苏省文艺界造反派结合的"革命干部",到苏州煽风点火。苏州文艺界批斗的是"鸳鸯蝴蝶派"三老周瘦鹃、范烟桥、程小青,经"武林高手"指点,揪出了"新鸳鸯蝴蝶派"陆文夫,从此老陆随三老游街、上台示众、罚跪、被批斗。后来两派忙于武斗,他又成为"逍遥派",垂钓河边。1969年被赶出苏州,全家下放苏北射阳农村。1970年冬我解除隔离出了"牛棚",打听到他的地址,我因诗词蒙祸,仍"死不悔改",又写了一首《思故人》长诗,冒险寄到射阳陈洋公社。

1972年初夏,我在涟水县农村劳动,思友心切,乘汽车到射阳去看老陆,经历"浩劫",一别七载,重逢俱老,恍如隔世。《思故人》诗注中记下了这次的相会。

> 几经询问,找到文夫所住农舍。三间砖瓦房,门外一片菜地,鸡在觅食。见余至,文夫颇感意外。问及长诗,

幸未遗失，搁置于公社很久才取回。只字招祸，片言成罪，竟不顾，实为冒险。文夫寂寞乡居，养鸡种菜，倒也安然。适毓柔携绮绮回苏州，锦锦在家烧茶煮饭。余与文夫痛饮畅叙，不知白日黑夜。余带来两瓶洋河及文夫家中藏酒俱已喝完，至第三日晚，惟有当地土酒，此酒为山芋干所酿，饮之上头，文夫称为"大头晕"。天已暮，正欲饮时，毓柔与绮绮归来，自苏州带回卤干和三花酒。畅饮至半夜，余大醉。次日晨犹带宿醒，告别文夫一家，返回涟水。

中国的知识分子大都是在"九·一三"林彪事件后开始觉醒的，我和老陆也是如此，对于这场史无前例的民族大灾难，认识仅仅停留在林彪、江青、"四人帮"是祸国殃民的罪魁祸首，而不能深思、深究。我们只能是井底之蛙，生活在愚昧之中。又都是"负罪之身"，看不到出路，前途茫茫，不像第一次沉落还有站起的信心和勇气，还充满美好的幻想。眼前只求妻儿相聚，生活温饱，还有酒喝。老陆说他那时候常常呆坐半日，心如死灰，头脑一片空白。

我们的命运、起落是随着政治气候、政策的变化而变化。1975、1976年间，老陆被安排到射阳县文化馆当了排名最后的副馆长，要他写一部宣传新潮九队"农业学大寨"的长篇小说。我也有了新家庭，他两次来南京都到我家，带来他种的花生，我和他有同样的爱好，喝酒要吃油炸花生米。打一斤散装洋河，举杯对饮，是我们在忧患中的欢乐时刻！

大起未落

粉碎"四人帮"，三中全会的召开，大地解冻，神州复苏，历史大转折，老陆和文艺界的朋友纷纷重出文坛。我却厄运未尽，再蒙冤案，隔离审查，关在囚室两年有余。

1979年春，我走出囚室不久，老陆的《献身》获得全国短篇小说奖，载誉归来，到南京参加江苏省作协召开的会议，住在离我家很近的江苏饭店。等了两天他没有来，我忍受不住了，到江苏饭店找他，一见他就泣不成声：你都不来看我！老陆顿觉难堪，随即平静，他说：我昨天才到，开会抽不开身，准备明天去看你。说着便拿出一个口袋，是带给我的花生和北京糕点。

又有一次，那位当年在灵谷寺餐厅相遇避而离去的朋友，请老陆、张弦和我吃饭。饭后，都已半醉，先走到上海路张弦住的巷口，张弦要老陆住到他家，他们并无深交，老陆竟然同意。我控制不住感情当即变脸，老陆还是随我回家。这是我和他最后一次抵足而眠，再也找不回苏州亭子间、陈洋农舍的那种友情的温暖。

我长期身处逆境，受尽屈辱，可以忍受别人的白眼、别人的冷落，不能忍受患难相共的亲密朋友的冷落。更由于我的任性、敏感、易冲动、不顾别人的感受，强加于人，两次让老陆难堪。老陆了解我的个性和缺点，理解我当时的处境和心情，他原谅我，尽力帮助我。以后每次来南京必到我家，又有多次举杯畅饮；江苏省作协开会，他点名要我参加，亲自到门口来接；有人请他吃饭，则邀我同往；为让我复出文坛，他带《人民文学》编辑杨筠到我家约稿，《人民文学》发表了我的《落霞村晚宴》《新上任的经理》；我到苏州去看他，请我住在最高级的南林饭店，享受贵宾待遇；他还向中国作协推荐我去深圳"创作之家"写作休养……彼时，老陆已是享誉海内外的名作家，当上中国作协副主席，选为全国人大代表，正如日中天。而我跌落未起，冤案尚未平反，还在苦苦上告。

老陆是够朋友的，我心里非常感激。但我知道他是念旧，是还情，已回不到过去，他与我渐离渐远，如果我是个聪明的人，能理智地对待，完全可以维持我们的友谊。对别的朋友我可以做到，对老陆我做不到。决裂终于发生了！

1988年江苏省作协评职称，我完全够一级作家的条件，公布第一批名单中没有我。当得知老陆是幕后的操控者，我气愤了！受尽种种不公平的待遇，不能忍受朋友也这样对我。那天正是中秋节，我喝得大醉，到邮局给老陆打长途电话，激动地说："你在欢度佳节，喝着美酒，可知道我此刻的痛苦……"话未说完，电话里传来他的怒吼：你老来这一套！砰的一声挂断了电话。这砰的一声也砸断了我们的半生之交！

冷静下来才醒悟到那句老话"君子之交淡如水"很有道理，我和老陆之交虽无功利目的，但因投入感情太多，当得不到相应回报时便会心生芥蒂，不能淡然处之，却强求于他。他已非昔日，正崛起文坛，步入官场，要考虑各种人际关系。在此处境下，老陆对我的两次责难一忍再忍，为念旧，为还情，还给予我种种帮助，他认为已经尽责，再交下去，我这个朋友将会影响到他的仕途。我仍不自觉，碰到评职称这件事，江苏省作协的权力内斗、人事关系、利益分配错综复杂，老陆被推到矛盾的中心，必须按官场规则去调和、平衡，压力很重。恰在此时，我打电话责问，他忍不住一声怒吼把电话给挂断了。

最后说一说在他生前未能对他说的话吧。

评论、研究陆文夫的文章很多,大都是赞扬之声,而没有从人文知识分子的高度去要求。我们那一代的作家,老陆和我都在内,缺失"独立之精神,自由之思想",甘愿做"驯服工具"。老陆在《却顾所来径》一文中说:"要想获得自由,只有探索规律,'个性解放'不能解决问题。"他所探索的"规律",就是在政治允许的范围内"戴着镣铐跳舞"。我们都受儒家文化影响,心里有一个"主人",希望得到主人的重用,遇到伯乐,能施展才华,蒙受恩宠。我们怀念1956年、1962年短暂的政治宽松,为八十年代"思想解放"获得一点自由而兴高采烈,担心要求更多自由的激进派破坏"大好形势"。实际上丧失了自我,虽受权力的迫害,仍离不开权力的庇荫。当代青年作家韩寒能说出"我是我的主人!",让习惯做犬儒的我们汗颜。

老陆在创作上以歌颂为主,第一阶段,他说"我开始创作时都是歌颂",受到批判他还高喊"别打呀,我是老牌的歌德派"。第二阶段,他说"这一时期我的作品又回到开始的状态,以歌颂为主"。所不同的是在"正面歌颂"中有对"反面现象"的批判。第三阶段是他创作的高峰期,他"进一步思考,发现这歌颂与批判实际上是一个事物的两面,不能一刀两断"。以他的代表作《美食家》为例,反映了时代和社会的变化,批判了极左政治对人性的扭曲，对人的生存空间的挤压，对日常生活的干预。这是权力的垄断和非人道所造成的。老陆是"糖醋现实主义"，他不会把批判的锋芒指向"禁区"，他说"我们现在的批判决不是把人打死，而是在于医疗"。直到2005年他去世前在《致鲁书妮》一文中还在歌颂："今天人民丰衣足食，国泰民安，虽然不是完美无缺，却是超过了我们青年时代的梦想。"这不能不说是他人生的败笔。在充满谎言、生活被剥夺的世界，文学应当像当年《探求者》所提倡的"干预生活"，批判和抗拒可怕的现实。

老陆和王蒙都是聪明绝顶的人，王蒙评老陆的为人："可爱、有趣，有人缘也有文缘"；评老陆的作品："怨而不怒，哀而不伤，乐而不淫"。说得好，切中肯綮。中国有"学而优则仕"的传统，大作家往往要加官进爵，当上作协主席、人大代表，还有各种头衔。一进入官场便身不由己，老陆虽然保持着谦虚、谨慎、文人本色，但必须参加各种会议、各种应酬，在人事纷扰中去应付和周旋，影响他的创作，再也写不出超越《美食家》的作品。他意识到了这一点，在《快乐的死亡》一文中写了作家有三种死法，"我最怕的就是那快乐的死亡，毫无痛苦，十分热闹，甚至还有点轰轰烈烈。"

老陆的晚年居显位、享大名，可是并不快乐，他的心里其实是苦的，是寂寞的。虽然仰慕者、崇拜者甚多，高官、新贵登门拜访，名人、名流但愿一识"陆苏州"，宾客如云，盛筵常开，却都是泛泛之交。再也找不回患难相共中那种真诚的友情，举杯畅饮、倾诉衷肠的快乐。他感叹"过去虽然艰苦，却在那苦难中留下不可磨灭的记忆"。二十世纪八十年代初，老陆每到南京，受到朋友们热情欢迎，所到之处都留下他的笑声。最后一次来南京，老朋友有的不在了，有的断了交往，就连相交三十多年、"君子之交淡如水"的老友艾煊，也生龃龉而疏远，他只能在宾馆独酌自饮，黯然离去。

李国文先生在《文夫与茶》中说的"无欲无求、自得自足"的境界，老陆未能获得。他聪明太过，心思太重，有损他的健康。老陆是位优秀的作家，是个善良的好人，他在我心里永远是最好的朋友！断了交往后，我在《秋日有感》中写道"肠断西窗空对酒，梦魂再不到吴门"，十多年来，还是常常梦到吴门，走进铁瓶巷，和他举杯畅饮……

注：参看《宋词诗词集》《宋词文集》第四卷诗词部分所收

《怀文夫》《初二夜大醉》《思故人》《秋日有感》四首诗和诗注，所记与文中所写本事相同。1995年《宋词诗词集》出版，书即寄去，四首诗老陆生前都看过。

（2010年8月15日）

朱文颖

《到常熟去》
——苏童及其小说的一种解读

在苏童比较早期的作品里，有一篇名叫《木壳收音机》的短篇小说。写一个有些幽闭的小男孩跟着母亲去医生家看病的过程。结果那天医生自己死了。在小说结尾的地方，无意中发现尸体的那个人看见河的上游驶来一条木船，他突然朝着船上的人高声呐喊起来：

"你们要去哪里？"

"去常熟。"船上的人回答说。

多年以后，在一个对话录里，苏童对此做出了这样的解释："幼年听到河上船夫对话，当时对我来说，那是一种莫名其妙的信息。"

让我们就从这篇结尾有着莫名其妙信息的《木壳收音机》

开始,来窥探一下苏童的小说世界。

在小说的起始部分,这位姓莫的医生走在回家的路上。那是一条苏童小说里经常出现的苏州城北老街,在苏童曾经的叙述里,这条街长长的灰石路面颜色是不确定的——"炎夏七月似乎是淡淡的铁锈红色,冰天雪地的腊月里却呈现出一种青灰的色调。"

接下来,这种奇怪的、不确定的因素仍然在延续着:

> 雨已经停了,或者城北的这条街道上并没有下过雨。莫医生收起伞,发现碎石路面仍然很干燥,没有雨的痕迹。莫医生觉得天气有些奇怪,他从城南的那位病人家里出来时,明明是下着雨的。他竟然不知道雨是什么时候在哪段街道上突然停止的。

如果说,有一种小说的开头,是听到命运正在门外砰砰砰地敲门,那么苏童的小说显然没有那么直接,更显然也没有那么简单。《木壳收音机》的主人公莫医生并没有听到什么命运发出的声音,恰恰相反,那些奇怪而不可解释的事情却继续在发生着——在路上,一个陌生女人突然朝他骂了句极其难听的脏话；两个泥瓦匠莫名其妙地爬上他家房顶去筑漏；就连标准播音的电台播音员也竟然说出了这样的话：

> 今天最高气温二十五度，最低气温三十一度。女播音员说。

现在我们已经知道，这位一开始就遭遇了一系列奇怪事件的莫医生，在小说接近结尾的时候死了。这死亡并没有什么悲剧意识。仅仅只是源于他自身都没意识到的心脏病。但让这死亡呈现出一种复杂、神秘甚至诡异层次的，是小说中带着小男孩看病的母亲说的几句话。

她先是回眸注视着莫医生，欲言又止。后来她终于说话了，她对莫医生说："你是不是有心脏病？你肯定有心脏病吧？"更有意思的是，她的表情里还含有一种狡黠和复仇的意味。临走的时候，她仍然不忘幽幽地补上一句：

"你要当心。"

这时，远远地，我们好像也听到了命运的鼓声。很远，很不确定。这鼓声也有着复杂繁多的层次。即便是命运之鼓，有心之人，甚至还能从中分辨出一些创伤与孤独的意味。

我认为，这可能就是一种比较典型的苏童的小说世界。

在苏童的小说里，很多人物都具备一种天生的、生而为人的快乐。比起那些沉重的悲剧人物来，他们是那样不知天高地厚，兴高采烈地生活在每一个微小、温暖或者谐趣的细节里。但同样，他们又有着强烈的生而为人的悲哀，所以相比起真正的轻松喜剧来，他们的生活最终总是悲凉的、荒诞的，甚至还有着残暴的意味。

如果说，每个作家都要自觉或者不自觉，有意识或者无意识地去处理他与世界的关系、他所认同的世界秩序的话，那么我隐约觉得，苏童对于世界的基本感受其实是非常明确、非常恒定的。或许在很小的时候，在他经常提到的"真正面临死亡威胁的十岁"、在"病床上的一年"的时候，他已经清晰地听到了来自远方的鼓声。

但我仍然认为，这鼓声经过苏童天性的过滤，还是与那首我们所熟悉的乐曲有着相当大的区别。所以当苏童以及苏童的一些文本成为一种文化符码的时候，苏童是这样说的："我是个一直被误解的人。"

我的理解是，很多人已经听惯那首曲子里明确而猛烈的鼓点了，对于那些更远一点的、更复杂、更幽微的鼓声，大多数人已经听不到了。

所以从某种意义上来说，我认为苏童小说最好的质感，往往出现在一些有点华丽、然而又绝不过分光滑的篇幅与段落。不是苏州满街可见的丝绸，也不是粗粝刺人的硬麻。而是带有不多的丝质成分、但又充满麻的质感的细麻。手指轻触，有细微的凹凸。麻是有仙气的，因为它在棉的质地上飞跃了一个微妙的层次。

这就有点像那种时远时近、时急时缓，但其实又未尝片刻稍离的鼓声——棉麻在你面前徐徐展开，它真实的质感不动声色地藏在后面。

在苏童的小说里，有一种特质是非常明显的。那就是"死亡"，以及处理这种"死亡"的态度。

仍然回到这篇《木壳收音机》。

在小说的结尾部分，姓李的泥瓦匠发现了摔倒在地上、其实已经死去的莫医生，他大叫着告诉姓孙的同伴。

"快来看，这人是怎么啦。"姓李的匆匆跑回后门的石阶上，他看见姓孙的站在齐腰深的河水里洗头，他好像顺手在莫医生的窗前捞了块肥皂。姓李的看见姓孙的用肥皂一遍遍地往头上抹，然后一次次地往水里沉，姓李的看见姓孙的脑袋，一会儿是白的，一会儿是黑的。而且姓孙的根本不理睬姓李的叫声。

后来姓孙的看见从河的上游驶来一条木船，船舱里满载着棉布和谷糠。撑篙的是个年轻的女人。摇橹的是个更加年轻的女人。姓孙的泥瓦匠莫名其妙地觉得快乐，他朝木船挥舞着湿漉漉的汗背心。

仍然是在一次访谈里，苏童说过这样的话——生命中充满了痛苦。痛苦是常量。至于对死亡的看法，某种意义上是一种解脱。所以在我的小说里，死亡要么兴高采烈，要么非常突兀。

这种兴高采烈或者非常突兀的死亡，在苏童早期的小说里屡屡出现着。那些人物（杀人者、被杀者、死于非命者）莫名其妙地行动着，他们没心没肺，没有太多的行动逻辑，是生命力量内在的失控或者生命气息直觉的捕捉。他们活在一个现实社会与虚空之境的中间地带。

又比如说，那篇结尾优美而空阔的《稻草人》。

七月午后的棉花地里，三个少年在一场紧张残暴而又无比优美的杀戮过后（我一直认为那样的杀戮具有一种生命意义上的美感），苏童是这样写的：

> 七月的午后，棉花地里空寂无人。轩和土兄弟俩静静穿过宽阔的公路，回到村里。站在村头高坡上，他们回头看见荣的山羊滞留在河边，它不认识回家的路。它还在河边吃草。
>
> 一般说来，棉花地里也有稻草人，稻草人守护着棉花，但是鸟什么时候飞来呢？

死亡不是为了死亡。死亡带来了更为宽阔的悲凉与孤独。没有任何东西能够解释或者解决这样的悲凉与孤独。即便死亡也不能。

在这样的文字叙述里，死亡不是悲剧，当然也不仅仅是喜剧。它更像是诗歌里的一行。

在讲述这样的死亡故事时，苏童设置了一个不能用简单的人类规则来衡定的空间，在这个诗意的空间里，生命符号狂乱地、暴烈地、然而又极尽忧伤地缓缓划过。

这仍然是一个极富苏童个人特色的"死亡空间"。

我一直觉得，掌握了极为娴熟小说技艺的苏童，在本质上其实更像一个诗人。而这种天性与特质，则非常微妙地决定了一个作家与另外一些事物的关系。比如说，与现实的关系；又比如说，对于宗教的态度。

我注意到，在讲述与现实世界的关系时，苏童用了这样的语言："但我投向现实的目光不像大多数作家那样，我转了身，但转了90度，虚着眼睛描写那个现实。我好像不甘心用纯粹的、完全现实的笔法去写一部长篇。"

苏童对于宗教的态度同样也是我感兴趣的。在"中国作家缺少信仰"成为一种时髦公论的时候，苏童的坦然有着另外一种别样的意味。

"我自己觉得一个人没有宗教也是可以生活下去的。我从来不认为世俗生活与精神生活有对立的关系。就像人有左手和右手，有时候用右手，有时候用左手。但搬真正重的东西时左手右手要一起上。学会调和这两样东西，是人生的一门大功课。"

这种与现实的关系，以及对于宗教的态度，它们所产生的对于苏童小说文本的直接影响，其中之一就是——在苏童的小说里，很少会有简单化、绝对化的判断或者对抗。在很多时候，苏童的姿态是不确定的。他不是简单的批判社会现实的"斗士",时尚是红色,那么我就批判红色。苏童不是这样。但他当然也不是因为时尚是红色的,那我就高声赞美红色。苏童的写作姿态不是简单的知识分子的文化姿态。他不是"刺猬",倒更接近文化界流行的"狐狸"之说。

这就有点像托尔斯泰在日记中极为中肯地指出的:"政治和艺术是无法共存的,因为前者为了证明,必须偏执一边。"

然而,在苏童不很确定的姿态中,却还有着一个极其重要、并且非常确定的底色,那就是一种同样源于天性的善良与温暖。

现在就让我们来说说善良。也让我们来说说温暖。这两个在现在的文学中已经变得非常珍稀的词语。

在一种特殊的文化语境里,或许有人会认为苏童的姿态是有中庸之嫌的。但我从来都不觉得苏童是中庸、羞涩或者尴尬的。在我看来,那其实是一种善良以及企图表现温暖的善意。

这个世界并不仅仅只有斗士。这个世界上的力量,也并不仅仅只有用斗争来表达的力量。

苏童不是斗士,这不是苏童的错。但问题在于,我们的时代甚至已经浮躁、冷漠到完全无法片刻安静下来,稍稍地俯身聆听,听一听仍然流淌在这个世界里的细微的声音。或许这已经是以前的事了,是有着优美心灵与舒缓心境的中国古人的事情了。

有一次，听几个朋友讲到一个话题，大致的意思是，"从二十世纪九十年代末开始，中国当代小说中抒情性成分在减弱甚至消失"。话没听完全，但我还是延伸出了一些自己的理解。中国人为什么不会愤怒，这也是时下一个时髦的论题。中国人学会真正的愤怒确实很难，但中国人学会真正的优雅其实也很难。或许还要更难。

苏童本来就不是斗士，我觉得苏童现在要做的，是找到一棵桃树得以生长的更好的方式，而绝不是如何成为一棵梨树。

然而苏童的尴尬恰恰在于，有时他善良到企图希望所有的人都能理解他的善良。或许，苏童更应该像他在一篇文章里教唆一些年轻而勇敢的朋友那样："当有人对你说我对你很失望时，你可以这样回答他——我对你的失望很失望。"

为了保护自己的善良，在这一点上，我认为苏童应该拿出足够的冷酷与凶狠。

当然了，冷酷和凶狠这两个词，离开苏童的天性实在是差之甚远。但不可否认的是，这些年来苏童的小说确实在变。对于这种变化，有论者提出过这样的观点："一个艺术家与自己的天性做斗争是危险的。"

然而苏童的回答依然意味深长："有时候，一个作家的盲目自大和刚愎自用会产生两个后果，一个后果是离他的梦想越来越远，还有一个就是有可能走进他的梦想。"

这个回答里有一个很有意思的潜台词空间。那就是说，对于苏童到底是谁？这个名叫苏童的人自己的空间到底有多大？他的天性到底有多长多宽？苏童自己其实并不确定。苏童也在探索苏童。

《西瓜船》是苏童近期的一个短篇作品。依然有一个突如其来的死亡，依然有着温暖与善意的底色。然而其中的变化却是显而易见的。与他近期另一篇优秀的短篇小说《伞》一样，《西瓜船》具备了一种结实而深含逻辑意味的小说质地。那匹华丽的丝麻被苏童做旧了，上浆了，拿在手上它显得沉甸甸的，很多个边边角角都在提醒你、触痛你。有一些以前被苏童不动声色藏起来的、或者还没有意识到的东西，它们倔强地探出头来了。

其实我更愿意相信，对于作家来说，有一些改变与其说是技术上的探索，倒不如讲是生命历程的自然呈现。

道理很简单，因为对于绝大多数人来说，日子从来都不是白过的。

有时候我会突然有这么一种感觉：有一些东西，有一些瞬间，还有一些微妙的气息，在苏童的小说里是回不去了。所以它们一定会以另一种模样、另一种面貌出现在我们面前。有时它们显得那么陌生，以至于很多人都认不出它们了。

记得有一次，苏童稍稍喝得有点多，大家感慨苏童即便醉态也能保持足够的优雅时，苏童便吐露了一点小秘密。

"其实我一回家就不行，有好几次，一开门，我就直奔洗手间，吐得不行。这是大家都不知道的。"

这倒是一点都不奇怪。除了有些被符号化的苏童，以及真实的苏童，一定还有一个深深隐藏在作品背后的苏童。有时这个苏童被藏得太深了，藏得连自己也忘了有这个苏童存在了。这个藏得太深的苏童或许应该再多醉几次，因为很多人都期待着这个深带醉意、真实失控的苏童向我们揭示出人性和世界更为深刻的本质。

苏童一定会继续说下去的。

虽然我们身边的这个世界变得让我们有些无从把握，虽然那条曾经让苏童再三描摹的城北老街，也已经面临着面目全非的命运。

"那条街现在一塌糊涂。一半开发旅游，旧城改造，临河造起仿古的房子，另一半一点没动，就和六十年代差不多。回去看着觉得很怪,好像走在阴阳世界里。"

但苏童一定还会继续说下去的。不简单地判断,不简单地愤怒,更不简单地强求。因为这个世界远比我们想像的善要恶,远比我们想像的恶要善,比复杂的要简单,比简单的又远远地复杂……

一无所知是因为洞察。一无所知也是因为智慧。一无所知更是因为善良。

就像一个阅尽世事的长者,在临终前,有人站在病床前面毕恭毕敬地问他:"您……还有什么话要说吗?"

他摇摇头,面无表情地:"对这个世界,我无话可说。"

就像《木壳收音机》的那个结尾——"到常熟去。"是的,到常熟去。常熟是一个中间地带。是一个寓言。它是彼岸,但离这个世界不是太远,是凭借善意和温暖可以抵达的彼岸。然而它又毕竟不是眼前这个现实的世界。在浓雾的河岸,摇着一条船。到常熟去。

(2007年11月3日于苏州)

以柔软的姿态面对
——范小青的小说及其他

朱文颖

1

开始写这篇文章的时候,我突然想到了一个词:速度。或者换个讲法,一种说话的腔调和语速——

用一种很雅很慢很郑重的文字,我觉得不合适。因为范小青身上有一种奇妙的举重若轻,这是她重要的特质,容禀后论。那么,或者快一点,非常快,写得泥沙俱下,烟火升腾?小青在谈小说的生活化时喜欢用一个词:毛茸茸的,如果"毛茸茸"的社会和生活是一个局,其实有的人一辈子都入不了,但小青站地即稳,似乎从来就在局中。

然而仍然不对,凭借我的直觉,以及毕竟能以时日累积的相处，我觉得小青看似散漫入世的"毛茸茸"里其实是有骨子的，就像一篇看似随意的小说，慢慢拢来，其实有着缜密微妙的结构。也像某类会吃鱼的人，漫不经心地吃着块块鱼肉，渐渐鱼骨显现，原来却是惊人的完整。

还是想到了流水。

当然小青是水边长大的南方人，但我意不在此。小青往那儿一站，在饭局上一坐，或者其他什么状态，那种亲切感连空气里都能嗅出气味。于是大家都愿意跟她说说、聊聊，讲点知心话。

她就是让人觉得亲。像快快乐乐、简简单单、或快或慢流动的水，"所以万事万物才向他奔去"。

很多人会叫范小青姐姐，很家常的——"小青姐姐"。

2

小青凭借《城乡简史》得了大奖以后，做过一次对话。问的人说，以前读早期的《瑞云》《真娘亭》等，也觉得很好。淡淡的，散散的，不讲究故事，就是那么一个过程，一段事情，一种氛围……但后来就有了变化，有了戏剧性，有历史与人生的变故在里面。

然后是小青回答。

她先是赞同关于她早期短篇风格的论定，至于原因，是"对我来说，好像写那样的小说比较容易，似乎与我身上的什么东西有着一些本质的联系或者别的什么联系"。

小青继续说："可是后来事情发生了变化，变得让我措手不及。因为我突然觉得，我不能再这样写下去。究竟是什么触动了我，是什么事情敲打了我，我说不上来，反正就是有了那样的一种感觉，我开始放弃容易，也放弃了一种境界，去走了一条艰难的路。"

接下来对话者提出一个疑问："要我替你想的话，有点奇怪的，好像应该倒过来，年轻的时候戏剧化一些，想象也丰富，人生的阅历与经历多了，包括文学的历练多了，就会慢慢淡下来的，你倒有点先淡后浓的味道。"

这是一个很有意思的疑问。

3

小青本来就是个很有意思的人。

好些年前，有一阵我们大家都比较穷。也不是真穷。而是春暖花开，或者蟹肥菊黄的时候，外地总有一些朋友来聚。聚了就要请客。那次好像是小青买单。买过以后，小青拎了个小包包回来了。也看不出脸上什么表情。后来回家，在车上小青终于开始嘀咕——那条是什么鱼呵，怎么这么贵！我们平时省啊省啊，怎么点菜点了条那么贵的鱼！

我对此事印象颇深。因为我当时基本还处于不提那条鱼，或者王顾左右而言他的状态。

小青的坦荡吓了我一跳。

她的身上仿佛有种天赋，能把有些东西突如其来地简单化。你想得很多、百转千回的时候，她三言两语就把真相说出来了。说得很平白的，于她也只是家常话。

文人的酸腐气她几乎从来没有。她也不轻易抒情，我记得有一次她哥哥范小天半是玩笑、半是惋惜似的说了几句话，大意也是他妹妹不太轻易抒情，让他这个当哥哥的很难展现自己的怜爱之类。

在我的印象里，小青的文字中确实很少直接提及情感。情感——这个女作家们的优长以及陷阱。至少和一般的女作家有着不同，很轻易简单的，她就把很多女人磕磕绊绊的情绪过滤掉了……只在很少的一些缝隙里才会有不经意的流露。

比如说，小青曾经谈到汪曾祺的《涂白》，一篇只有几百字的说明文，说明到了冬天为什么要在树干上涂上石灰。"它之所以经常出现，是因为我读过它许多遍。每次读它，我都感动，眼睛里会有泪水。"

还有一次，某刊物在某座山上开笔会，晚餐的酒席上大家喝倒了好几个。其中也包括我和小青。一觉醒来，已是青天白日。酒醉的人也已回复到清明正常的状态。然而就在前几天，我听到当时在场者的一句话："还记得那个晚上吗？整个山上电闪雷鸣，奇怪极了。"

我不记得了。在我的记忆里，有一段时间是完全空白的，被活生生地切除开来。电闪雷鸣的时候，所有酒醉的人都已沉入深睡。所以有些东西是看不到的。当然，或许，它们被深深地藏起来了，最终成为一种看似单纯而规整的事物。

小青看起来似乎总是规整的。但不知为什么，有一句话一直会在我头脑中闪烁："单纯不是简单，而是更为复杂的紧缩和综合。"

4

汪曾祺的《涂白》，那篇让小青读过许多遍、并且每次读它都会感动的散文确实很短，加起来也就那么两三百字的样子。

一个孩子问我：干吗把树涂白了？

我从前也非常反对把树涂白了，以为很难看。

后来我到果园干了两年活，知道这是为了保护树木过冬。

把牛油、石灰在一个大铁锅里熬得稠稠的，这就是涂白剂。我们拿了棕刷，担了一桶一桶的涂白剂，给果树涂白。要涂得很仔细，特别是树皮有伤损的地方、坑坑洼洼的地方，要涂到，而且要涂得厚厚的，免得来年存留雨水，窝藏虫蚁。

涂白都是在冬日的晴天。男的、女的，穿了各种颜色的棉衣，在脱尽了树叶的果林里劳动着。大家的心情都很开朗，很高兴。

涂白是果园一年最后的农活了。涂完白，我们就很少到果园里来了。这以后，雪就落下来了。果园一冬天埋在雪里。从此，我就不反对涂白了。

我盯着这篇文字看了很久。试图找到路径，得以明了何以小青会读它很多遍，并且每次读它都会感动。

首先，它看起来确实很单纯。它的文字组成以及结构是平白的，明晰的。每个部分都像穿过玻璃的冬日阳光。有点暖，但绝不太暖。它看上去仿佛并没有表述情感，三言两语，淡淡的，有一种"既然是这样，那就让它这样吧"的感觉。没有生活阅历的人会觉得它淡，只是淡……但至少有两种人会被它吸引以至感动。

内心纯真善良的人。

曾经穿越过复杂迷局、电闪雷鸣而最终又回归简单的人。

而在"简单"与可能的"电闪雷鸣"之间，有一个中间状态，那就是晓事。所谓晓事，也就是明白事理。就是脚结结实实地踩在大地上，知道头顶有个天，脚下是块地，知道人在其中的限制，知道限制中广大的喜悦与细小的缝隙……

我认为这个看似平淡其实蛛网密布的"晓事"，是和小青以及小青的小说密切相关的。

5

小青的叙述总是那种娓娓道来的开始。

　　自清喜欢买书。买书是好事情,可是到后来就渐渐地有了许多不便之处,主要是家里的书越来越多。本来书是人买来的,人是书的主人,结果书太多了,事情就反过来了,书挤占了人的空间,人在书的缝隙中艰难栖息,人成了书的奴隶。

——《城乡简史》

　　有了这张图,你们就可以很方便地找到我的位置。我就是图上左边第二间屋门口那个没脸没面的人。从平面图上你们看不到我的模样和其他一些具体情况,我的情况大致是这样的:十九岁,短发,有精神。

——《赤脚医生万泉和》

　　一个普通的喜欢买书的人。
　　一个几乎还看不到性格(没脸没面)、就那么随随便便站在自家院子里的人。

在小青的小说里，人物就是这样简简单单地从生活日常里走出来。他们的出场绝不太高，但也并不很低。他们就是日常。伸出手去就可以触摸到的。他们慢慢地从院子、深巷、街头、从生活的每一个边边角角里走出来……

他们生活、行动、交谈、上班、吵架、恋爱，他们插秧、行医、打工、还乡、进入官场，他们心头旧伤未愈、新伤又发……但不管怎样，小青笔下的人物都是"晓事"的，能够用道理讲得明白的。或许，他们就是为了讲明一个道理、表达一种世态而存在的。

小青绝不让她笔下的人物莫名其妙地失控。他们也不太飞翔。这些人踏踏实实地在地上走着。在小青比较早的小说里，他们走得要随意一些，呈散状的，有时还会"不知所终"。但生活的质感飞散在他们四周的空气里。这时他们便有了一种隐隐约约的"现代感"，仿佛因为结局多义而开放离开了地面。但他们仍然不失控，像一种沉着的飞。

到了更近期的那些文本，小青笔下的人物仍然在走，在相遇，或者擦肩而过，但逻辑感增强了，世界在大起来，有些地方离开本性，渐渐生长，渐渐强硬，凸显其中的戏剧性……

但如果仔细去看，小青小说里固有的基调仍然是不变的。

用小青自己的话来说就是"生活找上门来了",然后,她把找上门来的那些东西重新归类、解构、结构、强化……但它们从来不会变得面目全非,它们身上的气味有一种是共同的:"晓事"。

晓事,其实也就是没有什么制高点。没有什么是不可以谈的,没有什么是不可以理解的,不激不随。即便在看似苛刻的判断里也有最广大的体谅。

6

如果用一种具体的形状来形容这个"晓事",那就是"圆"了。

在中国文化里,"圆"有着特殊、普遍而又微妙的含义。有时候它离地面很近,泡在世俗堆里人情练达了才可能圆;但有时候它又离得极远,比如"圆融"就是一个佛教用语,"就诸法本具之理性言之,则事理之万法遍为融通无碍,无二无别,犹如水波,谓为圆融。曰烦恼即菩提,曰生死即涅槃,曰众生即本觉,曰娑婆即寂光,皆是圆融之理趣也"。

而这里的"晓事",我仍然认为取的是两种圆之间的中间部分。

一般来说，写作的人要么怕俗事，干脆"躲进小楼成一统"，要么挺身入局，结果终于落得武功全废，不可收拾。而小青的妙处，则在于她能于两个端点之间自由穿梭、游刃有余。前一刻她还拎着酒瓶在局中，会也得开，酒也得喝，话说得明朗晓白，不务虚，做实事；而下一刻，世界的肌理在她笔下同样明朗晓白地被剖开，如同一个个寓言……

我一直猜想着一个情境，如同猜想着那个"电闪雷鸣"的夜晚。我猜想着一个看似规整的小青姐姐，猜想她背后那块更为广阔、我们看不见、看不全、被她隐藏了部分、甚至她自己也并未完全意识到的那个世界——或许我们每个人身上都可能存在的某个看不见的部分。

有时候我会想，至少，在小青的身上，俗事的"圆"成为了一种力量，它如同水流，带动了岸边"毛茸茸"的杂草、小鱼、河滩边的卵石、石缝里的污秽……这种凝结杂芜后重新汇集的河水，"和光同尘，圆滑柔软，才能顺利通过一个个困难的隘口。只有海纳百川，藏污纳垢，才能调动各方面的力量，达到胜利的彼岸"。

还有些时候，小青三言两语，一个看似淡然的微笑……我突然明白，或者几近证实：

这个人的棱角，在心里；这个人的锋芒，藏得很深。

7

有好几次，在不同的场合，小青对于苏州甚至江苏青年作家的创作情况表达过一些不甚满意的感受。大意是普遍的状态有些温吞，不是那么提得起精神来，没有那样一种冲锋陷阵、意气风发的精神。

其实她喜欢强盛的力量感。

酒席上，每每有人豪饮痛醉，小青最高的褒奖就是——"好呵，真像我年轻的时候！"

中国人每到中年常常变成道家的信徒，由浓转淡，不肯轻言是非。小青的奇妙之处，就如同她小说风格的某种变化：晓事之优长仍然贯穿始终，纯良质朴的初心不变，然而在与世界的战斗中，强盛的力不是泯灭，而是富有智慧、愈加灿烂地夺目绽放。

多少人倒在了成长与岁月的荆棘里，刺破了手，流出了血，再也挪不动脚步。就像仓央嘉措的诗："一个人需要隐藏多少秘密，才能巧妙地度过一生，这佛光闪闪的高原，三步两步便是天堂，却仍有那么多人，因心事过重，而走不动。"而小青身上那种贯穿始终的饱满情绪，那种在创作中如同海底波纹般持续

不断的感动与激情,或许只是源于一种看似简单的姿态:

有的人只是低头看到了过重的心事。

而有的人恰恰抬头望见了远处的佛光。

8

今年春天,我在北京。

有一天出门散步。看到几个工人拿着工具在给树木涂白。我突然想起了什么,于是上前询问。

"这是什么呀?"

"石灰。"

"是防虫的吗?"

"是的。"

我在这方面缺少知识,于是查询一番。原来冬天的时候,树上的有些害虫会钻到地底下过冬,深秋初冬刷上石灰后它们就下不来了,冬天就会被冻死。而来年春天再刷一遍,地下冬眠后的虫子想再爬回树上为害也不容易了。因为石灰会使虫子脱水而死,所以它们都会远离。

原来春天也是要涂白的。

而在涂白的工人以及被涂白的树木之间,是北方的早春。

风有些硬，晚上窗外能够听到沙尘飞扬的声音。即便是晴日阳光和南方也是不同的，刚烈，灼热，仍然具有硬度。

南方，我熟悉的那个城市、小青生活的那个城市是多水的。小桥下面流着水，所以很多人都会觉得南方是柔软的。

但是——到底什么是刚强、什么是柔软？

据说胡适思想上一次大变化，也因对柔软与刚强的理解而起。他曾有一段时间深信老子所说"至柔可以克万物"。后来他到美国之后，有次去大峡谷，看到很大的瀑布，就对韦莲司说："你看，水的力量多大呵，水在我们中国人心中是特别柔弱的东西。"

然后韦莲司就以典型的美国人精神告诉他说："你错了，水绝对不会因为柔弱才有力量，水的力量是因为有势能。"

不知道为什么，看到这段话的时候，我一下子就想起了那些看起来快快乐乐、简简单单、或快或慢流动的水，想起了水底下被磨圆了棱角的卵石，想起了那些藏在水草深处像刀锋般尖利的石角……还有很家常很知心的小青姐姐。

（2011年4月10日于北京）

小说和小说之外的刘庆邦

徐迅

静悄悄地来了，又静悄悄地走了。当然，见面时我们总少不了寒暄，走时也必定会打一声招呼，"我走了啊！""我出去一下啊！"，声音里透着亲切。然后，挎着那标志性的军用小挎包，他就轻轻地下了楼——时光荏苒，屈指数来，我和庆邦在京城的同一个屋檐下，相识与相交已有十多年了。十几年抑或几十年，他的绿色军用小挎包也新换成了褐色的小挎包，但他与我们日常交往的情形却基本没有变。来了，收拾好自己的房间，他就默默地坐在里面写小说，每天只写一两千字。完成好自己规定的任务就收工。成天沉浸在自己创造的小说艺术世界里，他有些陶醉，也有些幸福。

当然，我们也要经常交流一些工作的。

他除了是北京市作家协会的副主席、专业作家之外，还是我们中国煤矿作协的主席，是《阳光》杂志我的前任主编，现在仍然是我们杂志的特约编审。有时，为了作协和杂志的事情，我会到他的房间，坐在他的沙发上向他汇报工作；有时，在写作的间歇，他也会捧着茶杯，静静地踱到我的房间说上三言两语。这样，作协和刊物的很多事情一下子就谈好了。正儿八经开会的情形也是有的——开会总少不了讲话，看他漫不经心，但话一出口，却是深思熟虑，说得特别认真。比如，煤矿作协每四五年会评一次"乌金奖"，对这个全国煤矿文学的最高奖项，领导们都很重视，启动大奖的时候，大家一起开会，我们说些评奖上琐碎的工作，他强调的是评奖的纪律。他要求大家认真，提醒大家注意保密，尤其不要接受别人的"信封"云云。说得大家都笑，笑过之后，大家对他的郑重其事和周到细致都心生敬意……有时，我们杂志社几位编辑为一篇稿子争得面红耳赤，相持不下，我就会拿给他看，他立马放下手中的活计，不仅认真看，而且还认真地写出审稿意见。作协发展会员、培养新人、开展活动……煤矿作协和刊物若说这些年取得了一些成绩，与他这种认真工作的态度和责任心是分不开的。

说起他生活中的认真劲儿，从我们偶尔的娱乐活动中也看得出来。他好玩牌，出差在外，朋友们赶在一起，就有一些扑克的牌局；工作之余，一年里也会有三五个朋友相邀玩几场牌。他出牌慢条斯理，不能说大家都透着心智与算计，但该出的出，该闪的闪，他从不轻狂和随意，若输了牌，最多自言自语一句："唉，打得真臭！"开始打牌时，我总有些胡闹，一时兴起，出牌时嘻嘻哈哈，就有些玩笑的成分，他看出来了，轻言慢语地说："打牌要认真，打牌都不认真怎么行呢？""敬畏文字""诚实劳动""用心写作""凭良心"这些平常的话，都是他写"创作谈"时用的标题。他这么写，在别人看来，也许只会当作一种老生常谈，但对于我们这些天天与他相处而了解他的人来说，却知道他是怎样的言为心声，怎样的一种自省与修炼——我这样说，或许让人以为他是一个爱"较真儿"的人，其实也不是。他是一个宽容的人，甚至显得十分宽厚。

早些年，他与我的四五位同事一起坐在一间大办公室。那里，电话铃声此起彼伏，忙忙叨叨，他却像一位入定的老僧，在自己的桌上写着小说。后来，我们两人在一间办公室，我的工作电话多，又喜欢手不离烟，屋里经常烟雾缭绕。他一进门便放下自己的小挎包，照样伏在桌上写小说，弄得我过意不去，他却泰然处之，丝毫也没有责备的意思。实在写累了，自己就从屋里踱出去,散步、晒太阳,或者找一块绿地活动一下筋骨。完成了自己的写作任务,他另一种休息的方式就是下楼去拿报纸和信件,然后翻翻报纸和杂志。再后来,我们好不容易弄了两个房间,他才有了一间真正属于自己写作的房间。尽管颇费周折,他却没一丝厌烦,更没有一句怨言。

写作是要有一定的定力的。庆邦就是属于那种有定力的人。这不仅表现在他对工作和生活的态度上,还能从他的创作态度上看得出来。读过他小说的人都知道,文坛上那些年总有一些"时尚"的东西作祟,一阵风接一阵风,一个浪接一个浪,眼花缭乱。但他从不追风逐浪,总像一位持重的钓者,只钓自己的那一尾鱼;又仿佛一座智慧的岛屿,只生长自己的植物。"老老实实地写",他还把这话作了他出版的一部小说集的序言。他说:"我尊重同行们的创新、求变和探索,但文学不能赶时尚,时尚都是肥皂泡泡,炫目得很,也易碎得很,我们永远赶不上。生活在不断变化,不断给我们提供新鲜的感受,我们应予以关注。但变中有不变,文学也应该关注那些不变的东西……"

有一段时间读他小说,我觉得他小说里具有一种水草般的轻灵,仿佛一泓清水浅浅地流淌在青草间,泗出了一大片的美。不是那种密不透风的味道,而是一种漾着水、漾着爱的轻盈。

我仿佛还看见青草上那晶莹的水珠。他的确是追求美的，小说往往呈现的是一种明朗或阴柔的人性美，即便写悲剧，也有一种夺人心魄的酷烈之美。美可以说是他小说的基调。许多人喜欢他的小说成名作《走窑汉》，这篇小说写的是一位矿工常年在井下，而在井上的妻子被人欺辱，小说就写那矿工找人复仇的过程。这是一篇具有复仇性质的小说，故事说起来简单，他却把它写成了一个灵魂拷问和精神逼迫的人性悲剧。或许是生长在南方的缘故，我最喜欢的还是他的《曲胡》《鞋》《梅妞放羊》《春天的仪式》《响器》……等等被我称为"浸润着水草性质"的小说。我甚至认为，读他的书必须是心静的时候，最好是在春天，躺在有太阳的草地上，一边牧羊或者放牛，一边静静地翻着他的作品，那时，阳光的味道和青草之汁会使人沉醉，从而憧憬和感悟人生。

记得我刚到北京工作不久，有一回接他的电话，他称我是"有南方口音的人"。熟悉了，操着浓浓的南方乡音，我喜欢冒冒失失地谈他的小说，有一回，我问他："你的小说有些沈从文、废名、汪曾祺的味道。"他点了点头。后来我才知道，他喜欢《红楼梦》，喜欢曹雪芹，现代作家里爱读的是鲁迅和沈从文。这两位文学大师的作品对他的创作都产生过影响。他曾把鲁迅小说和沈从文小说做过比较，说，鲁迅小说重理性、重批判、风格沉郁，读起来比较坚硬，但深刻；而沈从文小说重感性、重抒情、风格忧郁，读来比较柔软，小说表现优美。如果说，在鲁迅的小说里，他看到了非同凡响的思想之美，使他认识到了作家对社会与人生思考的重要；那么，沈从文的小说就让他享受到超凡脱俗的情感之美和诗意之美了。沈从文的很多情感饱满、闪烁着诗意光辉的小说，更是契合他的审美趣味，如同找到了精神导师。沈从文先生在世时，他就想去拜访他，但最后还是怕打扰人家而错过了机会。而对于汪曾祺的小说，他认为汪继承了沈从文小说的衣钵，在新时期文学中起到了承上启下、承前启后的作用……看见这段文字，知道他对他们都有着自己透彻的研究和独特的见解，我很为自己理解的简单感到冒昧和唐突。

很快，我就读到了他很多另一种风格的小说。比如他的《平地风雷》，写的是"文革"时期一位老实农民因受欺侮而报仇的故事。写得也非同凡响，透过故事的本身，深深地揭示了人性的悲哀和民族的劣根性，评论家陈思和说这篇小说写了"在一个令人压抑的环境里，人们本能地抗衡平庸，妄想制造一些刺激性的事件宣泄心中无名的苦闷"。这即是一篇有别于我认为具有"水草"性质，充满了阳刚之美的作品……实际上，他有很多这样的作品。由少年而青年的农村和煤矿生活，由思索和努力而得出的对人生对艺术的看法，使他的脚下有着挖掘不尽的乡土、煤矿和城市的深厚土壤。这三色可以说是他摆弄小说的魔方，谁都不知道他用这些魔方会"制造"出一篇什么样的小说。说他的小说是一坛陈年的老酒愈久弥香吧，我想并不过分和夸张。比如，他从箱底下翻出一双压了多少年的《鞋》，就由于小说那如纳鞋底的细腻的笔锋，从而氤氲了一种温馨的艺术光芒——一双布鞋，许多有乡村恋爱经历的人都珍藏过，其中所蕴含的女性光辉和人间真情叫人怎不珍爱和倍感亲切？他写了7部长篇、30多部中篇、200多篇短篇，这样的数量是很大的。从长篇小说《断层》《远方诗意》《平原上的歌谣》《红煤》《遍地月光》，到中篇《神木》《卧底》《家属房》《哑炮》，短篇《走窑汉》《鞋》等，研究过他小说的人都知道，他有着几种方式和语言的写作。人类本身的缺点和人性的真与伪、善与恶、崇高与卑微，他都写得不动声色，对社会、对人情和人性的揭露与展示更是力透纸背，自然他的小说观照的都是我们民族之魂、国民之性。如此，读他的小说，不仅是要在阳光下的青草地，也需要在黑夜和黎明，需要在一切需要思想的时候——在这个喧嚣与嘈杂，大众文化、精神快餐正在不断败坏我们胃口的时代，我想，读他小说是可以帮助我们剥落一些浮躁的，不要仅仅看到文坛上"各领风骚三五天"的表演，人们最终还是需要一种沉甸甸的黄金品质的艺术和人格，而他和他的小说是会为我们提供这些的。

关于小说创作，庆邦很多的见解新鲜而独特。他有过"小说的种子"和"含心量"的说法。他认为，小说的种子是有可能生长成一篇小说的根本因素，它生根、发芽、开花、结果，小说才成为一个完整的世界。我听他讲这话的那一阵子，轻言细语，仿佛心里真的装满了大把大把小说的种子。他还总结出小说的审美，说"哪里美往哪里走"、小说创作的"实"与"虚"等观点。他认为，存在、生活、近、文字、现实、客观、物质、肉体、具象都是实的，而相对应的理想、情感、远、味道、思想、主观、精神、灵魂、抽象就为虚——小说就是怎样处理好这些实和虚的关系问题。他怕没说清楚，耐心地解释说：小说就是这么一个"东西"，即真真假假，虚虚实实，实中有虚，虚中有实。为此，他分析出了几个层面，说第一个层面是从实到虚；第二个层面是从虚到实；第三个层面从实又到虚。这是一个逐步升级的三个层面，或者说这几个层面是一步一步提高的。只有把小说写虚了,才能达到艺术的要求,才能真正成为艺术品。从实到虚,就是看山不是山,看水不是水。到了第二个层面,就是看山还是山,看水还是水。第三个层面,山隔着一层雾,水带着一片云。从实到虚,是从入世到出世;从虚到实,是从出世再到入世;从实再到虚,就是超世了……这些观点类似于佛教的"悟禅",有些玄妙,但他由于用了自己创作体会做例证,又毫不保留地把观点讲得深入浅出,大家听了都懂,都有启发。他曾在《中国煤炭报》当过副刊部主任,又在《阳光》杂志当过主编,培养的作者成了"气候"的就不少,他当然知道作者心里最需要的是什么。讲的人慢条斯理,听的人津津有味。因此,他的课很受人欢迎,让听众有一种美好的享受。

庆邦好像还有个"距离"的说法,大意是说人与人的相交得有"距离美"。写小说是一种"审美",与人相交,他时时用的也是一种美好的眼光。他诚实为人,也以一颗善心待人,真的遇到什么不平之事,顶多连连说上两声"这不好,这不好",就算是最大的愤怒也没有了下文。当然,有些事是由不得他的。他写了"千万别讨论我",但还是被开了一次作品研讨会;他说"短篇王"是个纸糊的高帽子,但人们见了他,还要恭维他几句

"短篇王"……远远地,要是隔着"距离"看庆邦,更多地让人就觉得他性子像一只温和的小绵羊,不急不躁。单说常年挎在他身上的一只过时的军用挎包,就叫人浮想联翩,疑心那里面一定暗藏着一颗小说的心。"不然,有谁能像他那样持续地写出那么多出色的短篇小说来呢?"著名作家王安忆干脆这样说过——说起他与王安忆的交往有一段故事:1985年9月,《北京文学》发了他的短篇小说《走窑汉》,小说排在第四条位置,一点都不突出。但王安忆读到了,感觉很好,说"好得不得了",立即推荐给了评论家程德培。程德培随即写了一篇题为《这活儿让他做绝了》的评论发在《文汇读书周报》上,并把小说收入了他和吴亮主编的《探索小说集》里。小说得到王安忆的赞赏,庆邦的自信心自然增加不少,惺惺相惜,从此便和王安忆有了联系,并结下了很深的友谊。

这样,他那挎包里不仅有一颗小说的心,还有一颗温暖而悲悯的"人心"了。王安忆说,只要在煤矿的地方说起他,都会有酒喝,这里的"酒",当然不只是他的"名",还有他的为人和为事。他开始工作在煤矿,写作和感情与煤矿都有着一种割舍不断的联系,这也是后来他还愿意继续为煤矿的文学事业工作的原因之一。就是现在,不管是熟悉的煤矿老板,还是一般的矿工,他都会把他们当作"哥们",无论是好酒,还是一般的酒,他喝得都一样的尽兴。有一年,河南平顶山煤矿发生了特大瓦斯爆炸,死了不少矿工,他二话没说,掏钱买了车票就去。去了也不麻烦别人,一个人悄悄地采访。回来后,他写了一篇《生命悲悯》的报告文学。在这篇文章里,他把自己全部的感情都投放在那些死难的矿工和矿工家属身上,对劳动与人性进行了深刻的思索。作品一经发表,就在矿工间引起很大反响,甚至成了矿工的安全教材。庆邦更是一个著名的孝子。他的父亲死得早,兄妹几人都是母亲一手养大,到北京工作后,他常常把母亲接到身边。母亲在老家,他也会挤出时间回去陪陪她。母亲生病时,他天天守护在母亲身边侍候,直到把母亲送老归山。母亲去世后,年年清明,他都回去祭奠,有时候,还一个人住在为母亲建的那已经长满了荒草的房子里。

这里,抄录一段他写母亲的文字——

"父亲死时,我们姐弟六个还小,大姐最大13岁,最小的弟弟还不满周岁,上头还有一个年届七旬的爷爷,一家八口全靠母亲一个人养活。为了多干活,多挣工分,母亲从妇女队伍中走了出来,天天跟男劳力一块干活。母亲犁地耙地,放磙扬场,和泥脱坯,挖河盖房,凡是男劳力干的活,我们的母亲都一点不落地跟着干。在秋天的雨季,母亲要冒着雨到地里出红薯。不出红薯全村人就没吃的。出完红薯回家,母亲全身的衣服都湿透了,身上滚的全是泥巴。在大雪飘飘的冬天,妇女们都不出工了,在家里做针线活。这时母亲要和男劳力一起往麦地里抬雪。初春队里的草不够牲口吃,母亲要下到冰冷的河水里,为牲口捞水草。母亲所受的苦累和委屈,一想起来就让我这个当儿子的痛彻心扉。我对两个姐姐和弟弟妹妹说过,我一定要写写母亲。可我的小说还没写出来,苦命的母亲已于2003年3月5日去世了。母亲再也看不到我的小说了……"

母亲去世后,他写过不少回忆母亲的文字,读起来叫人泪水潸然。

说起来,庆邦小说的创作起始就受到过汪曾祺、林斤澜两位小说家的激赏。这三人的交往后来也有些意思——林老曾写过"一棵树的森林"比喻汪老,后来又把这话比作庆邦。庆邦知道了,说这样的"比喻"实在不敢当。倒是林老说他的创作

"来自平民，出自平常，贵在平实"和汪老当年指点他的"你就按《走窑汉》的路子走，我看挺好"这两句话，他记在了心里。他和汪老、林老感情都很深。林老在世时喜欢喝酒，喜欢收藏漂亮的酒瓶，他会拿出自己珍藏了多年的好酒与林老一起品尝，见到值得收藏的酒瓶，也不忘带给林老。林老去世时，我和他一起去八宝山送别林老，到了林老逝世周年时，他还专门去了一趟通县祭奠。那天好像与林老的女儿布谷还喝了些酒。轮到自己小说有了名望，来看望和向他讨教的人就很多，这样就少不了饭局，他也总是自己拎了酒与大家一起分享——和他在一起吃过多少回饭我记不清楚了，但与他第一次喝酒倒是印象深刻。那天，大家依了他，都喝，每人一两大杯，居然没有一个醉的。庆邦的酒量究竟有多大，或许很少有人知道。但与他一起喝过酒的人都会说，酒风亦如他的牌品和人品，那是一点也不作假的。有时他那喝酒的样子，就让人觉得他像一个顽童，非常的可爱。

这种可爱，我还会在他平时的一言一行中深切地感受到。比如，有时下班之前，他会给他爱人打一个电话，喊着老婆的名字，问"今天吃什么啊？"或者说"今天我买了一点面，晚上就吃这个啊"。声音温柔而亲切。我们办公室的楼下有一片小小的草坪，草坪里有一棵石榴树，还有一丛翠竹。写作的间歇，他会去那里扭扭手、甩甩腿，偶尔还会对着红红的石榴走一会儿神，说上几句话；出门在外看到美丽的湖海，他会一个人潜下水里，尽情地畅游一番。他亲近自然，爱自然的一草一木，也爱一切的动物——朋友间流传他的一件趣事，说是有一次到山西大同一个煤矿去体验生活，他在路边碰到一头拉煤的骡子，抱着骡子的脑袋，说："辛苦了骡子，你要跟着人受累……"竟说了半天的话。在他的眼里，这些动物虽然不会说话，但都是有灵性的。他说："正因为它们不会说话，我们才需要用人类的语言来理解它们。"

善待一切，总这样有意无意地渗透在他的言行里。

我在前面说过，我与庆邦相识、相交和相处转眼就是十几年了。我和庆邦都属兔，他正好大了我一轮。在这十几年里，我先喊他老师，而后又是"庆邦老师""庆邦"地乱叫，他从不介意，也慢慢习惯了。现在，我们当然少不了天天都要说上几句话——记得前不久的一天，他告诉我，他从农村出来40年了，但在收麦的时候却从来没有回去过，很想在收麦的季节回老家去看看麦田，感受一下久违的大平原上麦子成熟时，那遍地金黄、麦浪滚滚的华美与壮观的景象。他说，收麦的劳动激动人心，就像一场盛大而隆重的仪式，尤其是现在用联合收割机收麦。他要在成熟的麦田里待一待，看看用联合收割机收麦的全部过程，闻一闻那麦田的芬芳，享受一下大地丰收的喜悦，我听了都有些激动——读过许多写与名家们交往的文字，很为他们之间的那种友情感动。有时候，我就静静地想，我能天天与庆邦生活和工作在一起，真切地感受他生活中的点点滴滴、一言一行，这该是怎样一种值得好好珍惜的缘分！

（2010年6月24日于北京和平里）

艾伟、一个充满浪漫怀想的挟持者

黄咏梅

2004年12月31日，当年的最后一个夜晚。广州特别寒冷。原本喜欢扎堆找节目的朋友们，也都意味索然，宁可吃过晚饭就窝在家里。我也是，一个人在家，开着一只双管的石英取暖器，一边取暖一边看艾伟推荐的影碟——《别动，激情》。

有关这部电影的完整故事，我已经记不太清楚了。只记得，片中的女人最终因为爱情离开了这个现实世界，男人则因为现实世界离开了爱情，回到了道貌岸然的生活。我还记得，女人死的时候，男人拿起他买给女人的一只红高跟鞋，另外一只，则吊在女人步入不知道是天堂还是地狱的彻底放松了的脚上。

激情，缴枪不杀！这是电影的弦外之音。我相信，用枪指着激情，吼出这样一句话的，一定是理性。

这部电影跟艾伟的小说一点关系都没有。然而，电影里一直弥漫着的"劫持"的紧张气息，跟艾伟大部分小说里的气息，却又是如此吻合：被理性所劫持的情感，被命运所劫持的人物，被时代所劫持的人性……这些，在艾伟的小说里，无处不在，甚至往往彼此对峙。在这些关系里，艾伟一直处于一种紧张中，哪怕是在那些充满了诗意的成长主题小说里，也有着与这世界的看似不明就里的紧张。

比如，《乡村电影》里，少年萝卜对"四类分子"滕松，时而因怜悯而产生同情，时而因自己阶级立场错误而感到不安。这些紧张的关系，一直折磨着少年，同时构成了时代对人性的一场折磨。当然，这些紧张，更多地出现在艾伟以写相互"折磨"出了名的"爱人"长篇小说系列。《爱人同志》里，"圣女"张小影与"英雄"刘亚军，透过爱与恨的你来我往的折磨，体现的是时代趋势与个人意志的相互对抗；《爱人有罪》里，鲁建与俞智丽，更多是在伦理方面的惩罚与救赎……这些，呈现出了艾伟小说里关系的"劫持"面貌，主题的"劫持"力量。本来，"爱人"就是一种关系，爱与被爱，缺一不可，这些关系的隐喻在艾伟的小说里，是很丰富的，也是他理性思考的体现。所以，在这理性的驱动之下，艾伟的小说总是让人读过之后难以动弹,仿佛被他这个有着温和腼腆模样的男人腰上佩着的那把刀震慑住了,尽管他并没有做出要拿刀的样子,尽管他其实并不真的想要动粗。

在我看来,艾伟的"紧张",是一个男人血气方刚的、固执的写作,是一个作家与生俱来的不合作,更是他作品力量的关键所在,是不可以消弭的。可是,在2009年,艾伟的"紧张"终于得到了和解。他发表在《收获》杂志上的长篇小说《风和日丽》里,这种和解体现出一种悲欣交集的温暖。在时代与人的命运相互抗争之后,人性所拥有的宽容、明亮和解了这种抗争的关系,最终,时代结束了它的使命,而人沐浴在风和日丽里。

记得艾伟在写这部《风和日丽》的时候,有一次在 MSN 上跟我聊天。我问他最近在写什么,他神秘兮兮地说,在写一个"浪漫的小说"。我马上嘲笑他——"你这么理性的人还懂浪漫?"他反问我,你怎么知道我不懂?

在阅读这部艾伟自称为"浪漫的小说"的《风和日丽》的过程中,我一直期待着一个作为女性的阅读经验里所一贯熟悉的那种浪漫的情感故事,可是,读着读着,我又一次在心里暗暗嘲笑艾伟——这家伙,这就是浪漫吗?不过,最终,我转而开始嘲笑自己对浪漫的肤浅理解，并且最终认同——是的，这就是浪漫。小说里边有一去不复返的浪漫的时代，有激情燃烧时的浪漫的理想，有寻找生命意义的浪漫的固执，有陪伴着青春老去的浪漫的爱情……而这些，被命名为浪漫的前提是——它们都过去了，尽管它们曾轰烈过甚至惨烈过，尽管它们沉重过甚至卑屈过，但是它们随着岁月奔腾不止的河流而最终羁留在了记忆的温床。一切回忆都是浪漫的。五十年，艾伟弹指一挥间，是够浪漫的。相比起艾伟过去的小说，这个小说的确是有了"史诗"的意味，但是这个"史"，不是时代的"史"，而是人性的"史"，人心的"史"。

这个冬季，风和日丽，杨小翼站在阳台上，看到从前的风景和现在的街市重叠在一起。她看到街头孩子们的欢闹，看到天空的云彩，看到附近公园里飞过的蝴蝶。也许是她的幻觉，在这冬日的午后，她看到一只松鼠从阳台上蹿过，迅速地落在天井之中。天井里，夹竹桃郁郁葱葱。她恍若见到从前的自己，见到一个人和这个纹丝不动的世界对抗，她的心中油然升起莫名的悲伤。她实在控制不住自己，又一次清然泪下。

主人公杨小翼从八岁懂事开始，就在这个现实世界里，寻找一个高高在上的父亲。这个父亲一度让她自豪、伤心、憎厌、怜悯。这个父亲无疑跟那个时代一样，左右了她的命运，更阻隔了她通往幸福的脚步——她最后既失去了父母，也失去了丈夫和儿子，她将孤独终老。当父亲成为历史，成为一个形象，成为一个研究"课题"，杨小翼在内心终于与父亲和解，与这个时代和解。在千禧年到来、一个世纪终结之时，她在风和日丽的冬季里，"恍若见到从前的自己，见到一个人和这个纹丝不动的世界对抗"。要是杨小翼懂得"穿越"，她多么想跟过去的那个自己进行对话、沟通。她有一种笑看风云的解脱。同时，她一边感受着温暖，一边悲欣交集地落下泪来。

这样的和解，是会发亮的。人性的光亮，在经历过黑暗的压抑后，终于从漫漫长路上透了过来；人性的美好，通过救赎，终于找到了它照耀的方向。从某种意义来说，这种和解，也许会被那些习惯写悲愤、写黑暗的作家所不齿，他们也许会认为作家因为生活变好了，麻木了，遗忘了，以至于失去了愤怒的力量。可是，谁能阻挡人心向善、向好？谁能阻挡人心从一个窄门走向宽阔的力量呢？艾伟的这种和解，不是他的一厢情愿，也不是他赋予小说的积极浪漫色彩，而是如他自己所说的："我怀着对人性的信任，探讨了爱、友谊及家庭的持久力量，所以即使在苦难中依旧有很多温暖时光。"

温暖，在任何时候，它的力量都比一场复仇，比一把锋利的刺刀，比一次密谋已久的暗算，比一次千军万马的围攻更能俘获人。温暖，在任何时候，都足以使种种"劫持"无声地缴械。

在《风和日丽》发表不久，天涯论坛上不少网友就忙着为里边的人物和事件进行"对号入座"。各种意见都有，他们不断地为小说里隐藏的原型人物和原型事件而争论。艾伟写的这五十年，它们近在身旁，但又远在天边，往事如烟又不如烟。所以，从题材上，足以见到艾伟的"野心"。他自己也说：这部小说确实有我的野心，我工作室的画板上一直写着这么一句话：从一个很小的角度写出波澜壮阔的诗史。这部小说首先是"个人史"，但后面是"大历史"。

我喜欢台湾作家钟理和的一句话："人生比一斗烟的工夫所长无几，命运就像烟灰一样把我们弹了出去。"命运对一个人的一生，是如此地不经意、无敬意，或者说如此地不动声色，如果我们首先对时代抱以遗忘、淡漠的目光，那么时代也会对每一个个体做出这么残忍的动作。我们也成为被时代抛弃的"孤儿"。艾伟用他既有激情又有冷静、既浪漫又深沉的目光,审视那段时代,将个人命运与时代命运的血脉相连在一起,为我们打通一段近在咫尺的回忆。

我曾经跟艾伟说,在《风和日丽》,我最喜欢的人物第一个是父亲,也就是将军尹泽桂。其实,将军在小说里"戏份"不多,可他真的既像个父亲,也像个将军。他隐在小说的背后,散发着一种时代的气味,同时这气味也笼罩着小说,无处不在。无论革命的车轮如何碾压过岁月,他坚信自己的那一套革命理想,他的固执是一种美好的天真,是一种拥有信仰的幸福,其实跟杨小翼、刘世军、伍思岷乃至伍天安这些后辈年轻人的坚信,本质上没有任何区别,他最终被时代带走了,他落单了,然而,他毕竟被这个世界如此丰盛地款待过。

我第二个喜欢的人物是伍天安。大概他是最有可能现在依然还出现在我身边的人。他被青春的激情焚死。我喜欢艾伟做出的让伍天安死去的安排,他实现了将军——也就是他的外公的愿望——"余愿意汝永远天真,愿意汝是屋顶上之明月"。"天真"是多么珍贵的东西啊,要是伍天安没死,我真不愿意去想象,他在二十一世纪的今天,混迹于这条激情殆尽的大马路上,也许还腆着他痴肥的肚子,正盘算着到哪里消费,到哪里娱乐,到哪里可以寻找到弥补青春的地方……

我第三个喜欢的人物是刘世军。我敢说,大多数女性读者都会喜欢他。他是如此的宽厚,他爱得如此地深沉,对杨小翼好,对这个时代也好,他都是一个有情有义的好人,他是小说里最"风和日丽"的人。

这些人物,都表现出了一种"天真"。"天真"就是一种浪漫,也是艾伟在小说里小心翼翼地"宝贝"着的情怀。它不会随着题材的改变而消失,更不会随着年岁的增大而流逝,它是作家的一种信念。在很多时候,这种信念的力量,往往比质疑、愤怒、批判等力量还伟大。

艾伟其实就是一个很"天真"的人。每当我在网上遇见他,他就会跟我认真地聊文学。说实在的,现在能在一起谈文学的人实在不多,即使是打着文学研讨会的主题而从天南海北来聚集在一起,也未见得能真正地聊创作、聊文学。所以,我很高兴能在 MSN 上遇见艾伟,并且很高兴能在 MSN 上阅读艾伟那些关于创作的"短句"——基本每一句话,都不超过十五个字,而且一句紧接一句。在面谈的时候,艾伟的讲话似乎没那么流利和迅速过。

艾伟对写作总是显得那么饶有兴致。他从1996年开始写小说，然而，十四年了，他对写小说的热情似乎一点都没有消退。最近，他兴高采烈地告诉我，他已经从《文学港》杂志"解放"出来，在宁波作协当专业作家了。也就意味着，他可以整天啥事情不干，专门干看书写作的事情了，足以想见他对写作的热情。一个写了十四年小说的作家，每次开始写一个小说都觉得好玩，都觉得很有意思，其原因在于——他又开始冒险了，因为从那时候开始，他就跟他笔下的人物一起活着。就像一个少年，怀着对未来的不可预见，又怀着对未来的可能性的信任，开始了他的历险记。

话说回来，艾伟写了十四年小说，长中短篇小说屡屡刊发在重要的文学杂志，并在文坛里引起反响，但似乎还没见拿到过一个"像样"的大奖。我曾经就这个问题问过他，没想到他哈哈笑了两声，抛出一句天真的话来——"我不着急的呀！"似乎，只要他一"着急"了，那些奖就像糖果一样都能被他揣到兜里了。

最近，我在跟余华、苏童等作家聊天的时候，也曾经问过类似的问题。余华说，他跟苏童都是著名的"不获奖作家"，但是，只要经历过从前那段写了小说而发不出来的"艰难岁月"，小说发表、出版、传阅，对于一个作家来说，就很满足了。我想，艾伟应该也是由于拥有"满足"感，所以才可以"不着急的呀"。然而，"满足"并不等于失去了"野心"，实际上，艾伟的"天真"使他对写作充满了"野心"，这才是支撑艾伟写作热情的根本原因。

我期待艾伟第二部、第三部《风和日丽》式的小说，用一个又一个感人至深的故事打动我。

（2009年12月27日于广州）

陈应松

语言是小说的尊严
——以张炜《丑行或浪漫》为例

小说中的人物对于批评家也许更管用，因此人物是属于别人的。但语言，却永远是属于作家自己的。如果你真的充满追求和幻想的话，你的语言所能到达的地方，别人一定无法企及——你一个人在那儿恣肆欢喜，放浪形骸，享受着最持久的愉悦。作家总是在寻求自己语言的边界，远离他人，开拓自己驰骋的疆土——这个世界将从此是属于他的。作家因语言而存在，因语言而永生。在无语相对的哑人似的写作途中，语言却铿锵有声，如天外仙乐。语言是他唯一的陪伴，唯一的恋人，疯狂追逐的对象；或在如沙漠荒野似的书桌前，作家啜饮语言的甘泉——那里鸟语花香，柔美多汁。语言是作家的后花园，在这片秘不示人的地方，他想方设法栽种着他的奇花异草。假如他对语言有着不可遏止的占有欲,有着强烈的自信和原创能力,假如他确实是上帝派来的语言的信使,他必须忍受小说对自己掠夺性的开采和滥权。他在那神示的煎熬和翻滚中意荡情迷,精骛八荒,纵欲无度。可是他风姿卓然,美目盼兮,风流盖世——语言让他如此具有了优良的品性,高蹈的才情。

语言与其说是小说的重要元素,不如说是小说的全部尊严。

对于语言来说,并非是一种叙述的材料,它是叙述的魂魄。语言行进的方式就是小说的风格。米兰·昆德拉说:"小说应该像音乐。"这是西方人的观点,这么说,难道语言就是一个个可以拆解的音符?中国有抑扬顿挫之说,那也是音乐或者旋律的意思。汉语的四声更适合这种说法。但是仅仅是音乐又是不够的,因为小说不是一种倾听,小说是以无声呈现的方式来让你内心默诵的。这种默诵也不是为了倾听,是为了寻找小说中那更令你神思摇荡的东西,那字里行间掩藏的神秘的魅力和玄机,指示出那更为宽阔、更为苍茫、更为诱人的方向。海明威为什么要这么说呢?——"作家应当把自己要说的话写下来,而不是讲出来。"讲出来和写出来究竟有什么不同?语言不是声音,语言是语言本身的美。富恩特斯在评价那个叫胡安·鲁尔福——魔幻现实主义鼻祖的小说时用了一句话:"金色的语言。"

鲁尔福的语言果真是金色的吗？那么有光芒？那么高贵？——他的那些看起来无头无尾的短篇，那唯一的一个中篇。这位批评家又这么评价他："他的作品注定要成为一种积累和典范：用语言来体现一个典型，全部的梦幻和集体的愿望。"说得有点费解，却又再明白不过了。写过《弗兰德公路》和《农事诗》的西蒙才有资格宣称："写作是一种文字探险。"而《玉米人》的作者阿斯图里亚斯更有感触地说："一部小说就是一桩语言的壮举。"躲在故事背后的是语言，躲在语言背后的是小说的秘密。

在我们的作家中，为了把事情急于说明白，更看重他讲的故事、故事的发展、衔接，很难顾及语言世界的营造，或者说顾此失彼，无法让自己在自己语言的梦乡中充满快感地游荡和沉醉，从而拒绝其他世界的侵入。故事、人物，和他们表演的那个现场，那个时代，都是因为语言而发生的。当我们读完《丑行或浪漫》之后，我们可能会要问：这写的是"文革"时期吗？它叫"文革"小说吗？它是现实主义或者浪漫主义？或是写一个人的命运？这个十八里矑是当时生活中真实的存在？张炜为了寻找到一种语言的世界，已经拒绝了好多个世界，甚至不屑于——或者省略了——那个世界的原始真相，只在语言所布置的真相中寻找生活和文学的逻辑。

张炜的这次文字探险，只是想证明文学的一次奇异的可能。语言可以编织一个似是而非的世外桃源般的时代，好像与那个社会的历史完全不相干。或者说他的世界比现实更可怖，更黑暗，更荒诞，更没有道理，也更典型特殊罢了。这是一次叙述的神游，令人恐怖的桩桩件件，小油锉和他的父亲老獾、河马伍爷所干的事儿，比任何血腥和恐怖都令人震悚，因为语言制造了强悍的杀气——这样的悍力不仅仅是控诉，还是一种语言的残酷审判，所有的文字介乎于人间和地狱。那是一个活灵活现的、充满了登州方言的、美妙的、梦魇般的、不动声色的凌厉世界，在语言畅快的强暴下，折磨着我们。一部小说要对语言有一股野心。就像富恩特斯所说，要"体现一个典型，全部的梦幻和集体的愿望"。语言可以做到一切。

刘蜜蜡的命运当然也能算作可以分析的命运，但她全部的柔弱和反抗，全部的美都是为了与食人番家族和河马"村头"演对手戏而设置的一个象形符号，其中的浪漫不合情理，但又是必不可少的，因为她的"浪"，才有了这浪漫奇妙的偶遇和追寻。说到底，她的出现在小说中不过是代表了一种正常的人性和生活，代表了美，然后就是让你看美是怎么被强暴和蹂躏的。作者就是要你看一场杀人秀。这个人只是作为"一方"，不是作为全部意义，甚至只是一种衬托，一种寄托。小说的整体才是那个"集体愿望"，每个人只是这种集体愿望的个人化呈现。作者想达到的，还是以语言寒厉的暗潮来抨击强权下不动声色的残暴，赤裸裸的、令人无望的、暗无天日的、呼号无声的、让人头皮发麻的生活。

铜娃和刘蜜蜡的相遇，可以算作是一个少年的第一次性体验给他带来的一生愉悦。"四周全是火红的桤柳，是一棵连着一棵的油吐吐的屏障。"这个环境的营造，这个初秋多雨的河泊，这个捉虾的难得的晴日，一个少年爱上了一个疯浪女人，而疯浪女人在经过无数疯浪和历险之后竟也无端爱上了一个陌生少年。"地皮动了"，这句话真是浪得可以，不由人不怀念。"她的周身的南瓜花的气味，没一点瑕疵的大瓷娃娃的身子，滑爽和慷慨。"那年月，没有出差证明，随便抓住了都要遣送回乡的，流浪和乞讨似乎都不可能。就算有可能，这个寻找雷丁的女人，在哪儿盥洗？她还会有干净的身子？她不会衣衫褴褛吗？她不会脏兮兮的头发像茅草窝染上了一身虱子吗？她抱着的那个大书包二十年，那书包还是好的，是一个什么样的书包？

——这都是从传统的、惯常的小说思维出发的，比较高明的小说家不在此列。要么用魔幻的、抓住一点不及其余的办法，要么像张炜，用浪漫的、故意简化提纯、绕开这种很可能的干巴巴的交代和叙述，而完全进入漾泡着鲜活人物和鲜活对话的情景中，那样流水行进式的，带有很强装饰色彩的语言进程，使得小说的表达整体无瑕，充满光彩，魅影十足。

在中国，乡村小说中有一批"哩"字主义者。"哩"字的使用除了亲切、土味，还会使人物鲜灵、生动——这真是一个屡试不爽、能尝到甜头的字眼。没有这个"哩"字，《丑行或浪漫》几乎就不存在了——我是说它的那种阅读味儿，张炜所要传导给读者的那种情调。我不知"哩"是否是北方方言，反正，在咱们湖北，是没有这个字存在的空间的。然而，南方作家也在使用，它成了一个表现乡村生活的代表字眼。而且越是要营造诗意，营造男与女或者人与人相亲相悦的理想图景时，越是必须使用的；我也不知此字是否是山东或者登州方言中的一个，但张炜文中的"恣"字，可能是最具代表性的、有极强表现力的一个登州方言字是没有疑问的。不过，张炜的"哩"字在此书中也用到了极致，也就是说，他将"哩"字主义用到了完美和惊险的程度。当然，还有"儿"字的使用，孩儿，小脸儿，玩意儿，大肚儿，错儿，等等。问题是，我们在许多小说中看到这些字眼，除了约定俗成的那些意思，就没有了什么意思。

张炜的这些字眼却有很深的着力，他并非仅仅是这些字眼的魔术高手，在整个沸腾的、溜爽滚润的语言操作中，使我们感受到一种他人所没有的郁烈和狠辣。连小油锉父子和伍爷这些恶人都使用这些美滋滋的字眼，干天底下最歹毒的事儿，这可是其他作家不敢下手的。

就算是好人用的这几个字眼，也鲜灵不可言状。如那个黑儿干部："人这种物件啊，酒儿一下肚就变得痛快了。实话来说，你是咱村功臣哩，待你有一天犯个小错儿什么的，我也会睁只眼闭只眼，是这哩。""老伙计，进了村就是一家人了，一家人用不着说两家话，你有什么难处就跟我提出，比如说想不想找下个家眷什么的？这也不用不好意思，大男人家深更半夜被窝里缺了个搂物还行？再说你们这些兜里插钢笔的人不比常人，动不动就会那样干，一个一个骚气大得吓人。话说回来老弟，万一出个三长两短，你说我是送你进局子啊还是不送？要知道我也是官身不自由啊！"这都是跟雷丁摆谱时的话。

当民兵连长的食人番父子用这些字啊开始表演时，我们一下子跌入了野蛮黑暗的冰河期。身量高大的女民兵竟因为不能生育，被这对父子活活折磨而死——这宗家吃人的历史有几代了，老獾说他们这支人嘴里一左一右有两颗尖牙，后来一代一代下来"大荤腥"没了，尖牙就萎缩了，但这支到云南的地界，人家扒拉他们牙口看，这样大人小孩都得拔那尖牙。在云南伏下后品性不改，动不动就想吃个大荤腥，结果被当地人追杀，后昼伏夜行才到了登州地界。但这些宗姓人厮打善用牙齿，三五下交手就咬对方，不管对方怎么嘶叫，就不松口，生生咬下一块肉来，呼啦一下吞进肚里。

张炜在这一章的文字下的是狠手，说老獾长于打斗，"了得，那么大年纪了，手臂还像索子一样韧哩，搂人时两腿也随着把你盘上，你就等于给拴上了几根棕缆，一丝儿也别想动弹，那时身子一缩巴就能把人闷死"。这个红眼利爪的男人十个指甲又长又硬，喜好下狠手。在家里对那个女民兵媳妇可会折磨了，喝了酒用香头触她腿根，把她所有衣服都锁起来，让她半裸做事。因枪吓了他，就打断了两块洗衣板，那女人哀求小油锉，要他从他爹手中夺过板子，小油锉竟说："我爹有气出不来会伤身子哩。"老獾打累了，这么说："老天爷，你从哪弄来这么个皮实物件，身上的肥膘有三指厚，咱打不实惠啊！"最令人不可思议的描写在后头：媳妇快打死了，大仰着躺在地上对老獾说："宗家老畜生啊，你快扑上来把我糟蹋了算完，我没脸活了那天也就死得快了。老獾你快骑上我办事儿吧，也不枉作了一回畜

170

生。"一个女人到了这等绝望地步,想唤公爹来糟蹋自己以求死得快些,如此骇人听闻,如此惨绝人寰,如此令人发指,语言却并不暴烈。打得受不了了,儿媳惨叫,老獾给儿子小油锉这么说:"那畜生死号哩,我耳鼓子快爆了。"小油锉怕扰了爹的睡眠,去查看,看后没吭声,老獾问:"我娃瞎迂磨什么?"小油锉这般答:"爸,这物件去了。"——媳妇被活活打死了。

这等杀人不见血,这等酷冷严寒不动声色的对白,可能只有张炜这样的作家才能写出。在这之前,我没有见过其他的作品中,能这样触目惊心地让我们的精神受到如此惊吓和刺激。

张炜在这部书中,把常人无法达到的语言才能寄予十分新奇的小说构造和叙述方式释放出来。说到文坛上的才华横溢者,当然不乏其人,可语言能到这样的境地,能到这种自由、放松、挥洒自如、句句见彩的境地,也确乎太难了。我感到,天才型的作家,他们的语言并非人间俗物,父母所赐,是上天赐给他们的,好像与锤炼哪,积累呀,也没什么关系。天才就是天才,我们必须承认。

在小说中,我甚至怀疑人物的塑造、故事的呼应都是无关紧要、无足轻重的,创造的全部意义,就在于文字带给我们的陌生冲击。语言在当今,作为纸媒文学的重要特征,已经越来越显示出它对文学拯救的最后力量，它可以与任何传媒抗衡的伟大、古老、优良的品质。语言是小说的精神，同样它是小说存在的唯一的理由。故事、人物，可以用其他来讲述，饰演，可以用电脑合成，语言是无法饰演和合成的。

就是在纸媒（传统）文学中，一个人物可以用一本书或者几章来叙述，可在张炜这样的优秀写手里，用一段文字的表述将更精彩，更精粹，更令读者感到莫名愉悦。二先生给伍爷修的"传书"就是如此。这"传书"经二先生口中复述出来，从第十六章到第十八章，断断续续不过三五千字，却是凸显张炜古文才华和犀利、辛辣、嘲讽风格的杰出范文。这伍爷究竟是何方神圣，为什么二先生要为他修"传书"？都是有疑问的，近乎无理取闹。可传书修得如此之好。在张炜过去的《古船》《九月寓言》和《柏慧》中，都没有过这等令人荡气回肠、头晕目眩的语言才能大爆发。"传书"写的什么，伍爷先人历史与伍爷个人发迹史。先人打家劫舍、杀富济贫，"一家三口即分得堂屋八间，小院二进，门槛宽厚并涂黑漆，砖石铺地，木槿一株。更有雕花窗扇，巧工屏风，上饰兰草铜钱，如意卷帘。炕柜乃上等红木家具，匣屉无数，暗有机枢，午夜饥渴内贮膏汤补汁，昏晨寂寞更多新巧玩器。男欢女爱之传统药具，在在周备"。传书写伍爷出生："传说生产之期将近，日月通明，有五色彩鸟鸣唱翩飞于屋梁之上，另一说有托钵僧人自远方至，口含微笑，抚妇人额三次，喃喃数语乃去。凡此种种无非是吉象环生，凡高人异士降临人世莫不如是，鲜有例外。吾闻听妖人降生即是反兆：乌云蔽日久久不散，昏昏然鸡犬不宁，驴骡仰天昂昂大叫，原是凄恐也……""眼见得双腿如象足，双手如龙爪，宽额巨目阔口坚牙，一派大英雄气象。大丈夫生来尚武，蔑视书房……观伍爷眉目便可知大将本领，视满口坚齿即可料咬钢嚼铁，十五岁长成街上霸主，大小童子皆为身边喽啰。孬人闻其声而色变，常人观其行而规避。大小村落，泱泱民间，莫不知虎门又添豹子，苍天再降灾星……大德未掩小过，巨流不弃线溪。衙所东侧之麦田屡有袭人妻女者，受害人每每缄口。笔者曾暗中勘测，所见麦秸倒伏之状伟巨高长，即判定非一人而不能为。身为村首，气贯长虹，心装万千丘壑，然难免千虑一失，偶见仄逼之心机……"

这二先生所写之物已不知是什么乱七八糟，在嬉笑怒骂间，这"传书"成了奇文。"传书"中的伍爷以文字为奇，生活中的伍爷在言语上也有非凡表现，仅举一例：当他将刘蜜蜡从小油锉手中夺来，折磨得她数夜不睡疲倦之极要对她非礼时，竟看着熟睡的刘蜜蜡哭了起来,他哭着掀了被子,一件一件解蜜蜡的花衣。解一层又一层,"哦咦,你是真能穿呀,你说天又不冷你穿这么多做什么,你说咱庄稼孩儿哪用戴那么多装备,又是奶捂子啊,又是小汗衫啊,还有方格小裤头啊,净给领导找麻烦啊。"

这伍爷的鲜活生动既不在他操练骑兵(那年头似也不可能),也不在他与人的"辩论"、铁腕统治上,全在二先生的"传书"和他自己的话语里。就是海德格尔说的"语言在说我们"。海氏认为:世界正在语言到来的途中。这也是语言特别是小说的唯一真理和事实。也像拉康所言:"现实既不是真的,也不是假的,而是词语的。"

词语的现实才是小说真正的现实。这个现实是由语言组成的,也是作家心中唯一的现实,它比现实更丰腴,更丰富,更丰厚。或者说,在小说里,压根儿就没有一种所谓的真正的生活中的现实——当我写出这句话来的时候,我连自己也吓了一跳——你不是宣称要在作品中写真实的吗?你不是将文学的真实视为生命吗?对……对呀,可真实并不等于现实。真实是那种更富有意义,特别是象征意义的真实。这样的真实是要进行严格挑选的。作家使用什么样的词语时,生活所呈现的样子就是什么。因此,现在我可以这么说:作家所追求的真实,是由他对词语的那种矢志不渝追寻的真诚度所决定的,真诚度越高,那样的真实也越令人信服。一个作家的虚伪,是从词语的选择开始的。谎言同样是对词语的撒谎开始的;而真实,同样是对词语的忠贞开始的。

海因里希·曼说过,世界对我来说只不过是拈词造句的材料。这个老外还说过类似的话:女人的肉体会给他创造优美语言提供灵感,他会对语言更精细地选择,怀着激情驱使那些词句,从而对语言的分辨能力变得越来越敏捷,并有神来之笔。那么,这个女人就是他的语言,也是那个他接触过的真实的女人,这两者之间有什么不同吗?

限于篇幅,我将不再引用张炜这部小说中更多精彩的片断。比如二先生的各种表演,找蜜蜡妈的自白;赤脚医生貐嫚的表演,还有蜜蜡的"自传",等等。但是,有些漂亮的语句我还是摘抄了一些以飨读者,比如:娇艳蓬勃、她的鼻翼在扑面而来的香气里活动、芜乱不堪、端量、这孩子长得肥大喜人、胡吹海谤、脸上木丝丝的、胸脯眼见得暄了、女人丑俊倒在其次,要紧是搂得和顺、像狗一样哈达哈达喘息、破皮烂鸟的事儿、泼皮打闹、目光铓明、疯跑野打、大汗交流……

这部小说总使我想到与山东很有亲缘关系的《金瓶梅》和《水浒传》,其语言的神韵十分相近,也有几分可能叙述的语感源自这两部小说。要我说,《金瓶梅》的语言远在《水浒传》之上。张炜当然还有与时俱进的另一些才华,何况白话小说已逾百年。但真正有如此自然天成的、浑厚无比的小说语言,我觉得百年来也不多见。张炜在方言、古文和传统小说中,提炼到了属于自己的嘉美语言。这应该是稀世奇珍。不过,方言仍然是其中最重要的。在这部小说中,方言的魅力不光在展示叙述时的地域化,而是一种全新文学语言的创造激情,一种忘我的投入,将这种语言作为内在的鞭笞、谴责、愤慨、审判,作为一种来自民间的、活生生的控诉,作为历史的严厉记载,作为一种立场,一种写作和政治立场,一种知识分子的良知甚至是觉醒。对,就是一种觉醒!高尔基说过:语言是文学的武器,武器愈好,战士就愈强有力。略萨说文学是烈火。这烈火是靠语言焚烧的。

张炜把狭小的、原始形态的、芜杂的方言变成了如此美妙、有力、前无古人,也许将后无来者的现代文学语言,他无疑成了这个时代最优秀的作家。我突然想到他几年前在一篇文章中写的话:方言才是真正的语言。

这是千真万确的。

山南水北
归去来

杨海蒂

差不多一年前，我给韩少功先生发去采访提纲，他也及时做了答复，很惭愧，我拖拖拉拉直到现在才动笔。尽管可以历数这样那样的原因，但最主要的，是由于畏难情绪。

事难源于心难。

在现当代文学史上，韩少功也许是最难写的一篇：他是个传奇式人物，集大毁大誉于一身；他是个矛盾复杂体，两种极端的性格，在他身上可以对立统一；两极分化的事情，于他能够并行不悖。他是思想、文化、灵魂探索者，是官场异类和文坛另类，一次次掀起中国文化思想界的论争；他"对于语言哲学的思考，深刻影响了当代文学的思想方式"（叶立文，《文学评论》2010年第3期），他被称为"具有时代意义的思想者、开创者和挑战者"（作家出版社《爸爸爸》内容摘要），被誉为"考察中国当代文学的标尺性作家"（龚政文《90年代以来韩少功的转型及其意义》）。还有，在海南的一次民间问卷调查中，他和亚龙湾等名胜一起，并列为人们热爱海南的十二种理由……

三十多年来，韩少功始终保持敏锐的感觉、广阔的视野、旺盛的文气、独立的文学品格；他智慧深广，将文、史、哲、道、艺打成一片，建树了多方面的文学业绩：小说、散文、随笔、理论、译著，五项全能招招出奇，无论在艺术上、思想上，都表现出极大的独创性、丰富性、深刻性。

他像一座云雾苍茫的山峰，"寻常看不见，偶尔露峥嵘"，难以描述；他像一片神秘莫测的海洋，深不见底、澜翻不穷，难以窥探。

笨拙的我，还是像撰"编年史"一样，按时间顺序来写他吧。

尚在大学校园的韩少功，就以《月兰》《西望茅草地》《飞过蓝天》《风吹唢呐声》等作品崛起文坛，融社会批判与人性追问于一炉，"忽然一鸣惊倒人"，两次获得全国优秀短篇小说奖。使他声誉更隆的是之后发表的文学论文《文学的根》，并以《归去来》《爸爸爸》《女女女》等系列引起轰动的小说,因表达对民族和人性的深刻反思而成为"寻根文学"的扛鼎之作。

有着魔幻现实主义风格的《爸爸爸》,还开创了"文化寓言"的书写形式,虽曾引发不小争议,但奠定了作者当代文坛领军人物的文学地位。

名字正熠熠生辉,他却一个华丽转身,从热闹的文坛消失,蛰伏于大学校园外文系,埋头苦学起英语。据说是因为要被派去德国做文化交流,后来不知为何不了了之。换了有些人,难免要牢骚满腹骂骂咧咧,他则一派"得之,我幸;不得,我命"的豁达,心无旁骛翻译起捷克流亡作家米兰·昆德拉的小说《生命中不能承受之轻》,从此在国内掀起"米兰·昆德拉热","生命中不能承受之轻"一语更是影响深远,二十多年过去了,它至今为人们所津津乐道。

海南建省之际,文学湘军少帅韩少功,因向往"一个精神意义的岛"(韩少功语),带着妻小离别湖南来到海南。他自己的话是,"想利用经济特区的政策条件创造一种新的生活","到海南去蹚了一下浑水"。

到底是湖南人,颇具经世致用的湖湘文化精神。

韩少功开始结交商人,学习经商理财。他从筹办报、刊和海南新闻文学函授学院入手。根据他对市场的判断，杂志定位为纪实性和思想性相结合的新闻刊物，尤其注重对社会问题的深度报道和文化解析，先起名《真实中国》，后定名为《海南纪实》。

首期《海南纪实》创下发行六十万份的纪录，很快节节攀升到一百多万份，要三个印刷厂同时开印才能满足市场需要，真是洛阳纸贵。它让刚建省的海南享誉海外。

据一直暗恋他的闺密告知，那时候的韩少功，"皮肤晒得黑黑的，满脸络腮胡子，脸膛刮得青青的，清癯挺拔，非常英俊，骑着一辆摩托车到处跑，简直酷毙帅呆了。"

白手起家的韩少功，一年里为国家创造出数百万财富。对这特区新生事物，政府部门不要求纳税，他让下属"哭着喊着也要把这几十万税款交进去"。他之异于常人可窥一斑。

然而，《海南纪实》不久就运交华盖，韩少功也在财源滚滚中看到了金钱带给人心灵的腐蚀，经过一番内心挣扎后，他说，"我必须放弃，必须放弃自己完全不需要的胜利。"

他与"道不同不相与谋"的故友割袍断义，沉寂下来，开始在喧嚣的大特区里坚守文学理想。

20世纪90年代，在追求物质丰富的汹涌社会潮流中，以小说名世的韩少功,出于理想主义激情,发表了一系列学养深厚、思想雄健、见解独特、文笔雄强的随笔,对转型期的中国社会与文化进行深入反思,批判的锋芒十分尖锐,产生了强烈的社会反响,评论家孟繁华称其卷起了一场"庸常时代的思想风暴"(《文艺争鸣》1994年第五期)。这些痛斥时弊的精彩文章,进一步坚实了他作为思想型作家的定位,也使得他与张承志、张炜同被视为道德理想主义者,并称为文学界"三剑客"(《韩少功王尧对话录》)。

"文学不是灵丹妙药,但不关心社会现实的文学一定有病,一定缺血。"韩少功说,"好的文学一定是关怀社会的文学。"

针对当时流行的拒绝崇高、嘲笑神圣的风气,他以笔为旗,写下《完美的假定》,讴歌"命中注定的国际公民"、被哲学家萨特称为"我们时代完美的人"切·格瓦拉,向世俗化物欲化的现实开火,对时代的精神危机进行深刻批判。

"他流在陌生异乡的鲜血,无疑是照亮那个年代的理想主义闪电……

"我讨厌无聊的同道,敬仰优美的敌手,蔑视贫乏的正确，同情天真而热情的错误。我希望能够以此保护自己的敏感和宽容……很长时间内，我也在实利中挣扎和追逐，渐入美的忘却……我庆幸自己还有感动的能力，还能发现感动的亮点。

"都林的一条大街上，一个马夫用鞭子猛抽一匹瘦马，哲学家尼采突然冲上去，忘情地抱住马头，抚着一条条鞭痕失声痛哭，让街上所有的人都不知所措。从这一天起，他疯了。理想者最可能疯狂。尼采毫不缺少泪水，毫不缺少温柔和仁厚，但他从不把泪水抛向人间，宁可让一匹陌生的马来倾听自己的号啕。我也许很难知道，他对人民的绝望，出自怎样的人生体验。以他高拔而陡峭的精神历险，他得到的理解断不会多，得到的冷落、叛卖、讥嘲、曲解、陷害，也许超出了我们的想象。他最后只能把全部泪水顿洒一匹街头瘦马，也许有我们难以了解的酸楚。我忘不了尼采遥远的哭泣。"

我掩卷而泣，不知道是为尼采，还是为韩少功。

四十岁出头时，韩少功成为海南文坛主帅。对于省作协旗下的《天涯》，他提出"立心立人立国"的办刊宗旨，自觉担当思想和文化启蒙的使命。

为了组来"特别报道"的稿子，韩少功化名炮制首篇样板范文，以亚洲金融风暴为题"抛砖引玉"。不料，发表后竟被数家报纸连载。他还曾"顺手"写过一些有关社会经济事务的文章，其中一篇（在乡镇干部座谈会上）关于全球化的文章，也反响不小，引起经济学家的讨论。

"心中想大事，手上做小事"，是韩少功对青年的寄语，他自己也身体力行。

《天涯》改版，被《新民晚报》评为当年国内文坛十件大事之一，"上海在线"发布的"东方书林之旅"图书排行榜，《天涯》是上榜图书中唯一的杂志。一时间，"北有《读书》，南有《天涯》"在读书界传为美谈。

我是在这个时候"久仰"到韩少功的。他身上丝毫不见学问之弊，面容圆润、说话圆融、行事圆通，但骨子里并不那么温良恭俭让。那天，海南作协有客自远方来，世事洞穿人情练达的他，与来者纵使道不同，也还是以礼相待。我原本不在"座谈"之列，承蒙著名海南本土作家崽崽兄好心美意暗通消息，刚在文学界亮相的我，一副初生牛犊不怕虎的模样，傻头愣脑地领着三个文学女青年不请自来登堂入室，成包抄式坐在韩主席身边和脑后（别无空位），引起会场一片骚动。韩主席可能顿觉如芒刺在背，很是不快，且溢于言表，让我们几个挺难堪，也让大家颇感意外。会后，他率一众人马扬长而去午宴，我只好请三个姐妹吃饭以"压惊"，席间，我们大骂他"方丈"，闺密还因"对他失望透顶"哭了起来。

不知道是不是出于安抚，随后的"万泉河笔会"上，他突然君临我身边，说，"杨海蒂，读了你的《闲话戒指》。"话只半句，再无下文。我小心翼翼地察言观色，确定他是表扬、鼓励，激动了好几天。

那时他时不时弄点"笔会""读书班"之类，为好学的夫子创造充电的条件，也为清贫的文人们解馋解闷。

十多年过去了，我仍记得他在会上的慷慨陈词，"海南花瓶够多了，还要我这花瓶干什么？"也记得他与市委书记探讨黄、赌对经济的润滑和对世风的败坏。还有一篇场外花絮，相信与会者都忘不了。夜里，有两个喜欢恶搞的青年女作者，为试探男作家们的定力，撒娇发嗲给一些房间去"粉色电话"，结果他们前仆后继地上当，只有韩少功岿然不动。

不久，韩少功果然去职，不当花瓶当寓公，潜心创作。正值盛年、不乏韬略的他，想必不会没有过内心矛盾吧？但是，能闲人之所忙，才能忙人之所闲。他拾译家之遗漏，精选、翻译被誉为"杰出的经典作家""一个人担当了全人类的精神责任""欧洲现代主义的核心人物"（《惶然录》译序）的葡萄牙诗人费尔南多·佩索阿晚期散文佳作，译著《惶然录》文笔优美，读来赏心悦目，佩索阿从此走入和深化中国读者心灵，同时也给中国作家树立了新的参照标杆。

之后，长篇小说《马桥词典》横空出世。

这是一部奇特之书，以词典的形式，集录湖南汨罗县"马桥"人的日常用词，以它们为引子，巧妙地糅合文化人类学、社会语言学、思想随笔、经典小说等诸种写作方式，用最土气最通俗的语言，书录他插队农村六年的所见所闻，讲述了一个个丰富生动的故事，描绘出一幅幅奇异瑰丽的南国风俗画，以丰富的社会文化内涵为底层"草根"存史立传。

评论家邓菡彬说：如果你对西方小说产生了厌倦的话，那么就应该读一读《马桥词典》。

而美国批评家布莱德雷·温特顿这样评论《马桥词典》：初读时你会被它新颖的形式吸引，读后方知其深邃的内涵非同寻常。

所谓大俗大雅，所谓越是民族的就越是世界的。

《马桥词典》，曾获"上海市第四届中、长篇小说优秀大奖"长篇小说一等奖，台湾《中国时报》与《联合报》的两个年度好书评选大奖，被《亚洲周刊》评为"20世纪中文小说100强"，被海内外专家选入"二十世纪华文文学百部经典"，被写进文学史教科书，由美国哥伦比亚大学出版社出版英译本，由澳大利亚再出版英译本，再由美国另一家出版社出版英译本……

韩少功对小说形式颇具野心，不循规蹈矩，随破随立，运用之妙存乎一心。《马桥词典》之后，他依然是背离常规的写作尝试，在小说化叙事中加入很多思想随笔的因素。新作《暗示》在文体创新上，甚至比《马桥词典》走得更远。大概受"把小说写得又像散文又像理论随笔"的昆德拉影响至深，《暗示》采用文史哲不分、小说与理论合一的跨文体写作，借用他自己评议《生命中不能承受之轻》的话，(《暗示》)"显然是一种很难严格区分的读物，第三人物叙事中介入第一人称'我'的肆无忌惮的大篇议论，使它成为理论与文学的结合，杂谈与故事的结合；而且还是虚构与纪实的结合，梦幻与现实的结合，通俗与高深的结合，先锋技巧与传统手法的结合"。

须知从来大手笔，不以规矩成方圆。

也许胸存块垒，也许由于心灵的忧伤（康德说：有思想的人感到忧伤），《暗示》的篇章中时有伤感流露："你流泪了，抬起头来眺望群山""我不会要求太多，不敢要求太多。因为我是一个非常容易打发的乞丐，哪怕是黑夜里一颗流星也是永远的太阳，足以让我热泪奔涌"。让人隐约感受到韩少功难为人知的另一面。

《马桥词典》与《暗示》，是一套小说形式创新的组合拳连环腿，对中国当代文体变革和精神探索具有重要意义。

引发热烈争议的《暗示》，获得 2002 年度华语传媒大奖。

同年，韩少功获法国文化部颁发的"法兰西文艺骑士奖章"。其实，作为中国一代思想者、名作家的他，两年前在法国出版的小说集《山上的声音》，就被法国读者推选为"2000 年法国文学十大好书"。

西方媒体对他好评如潮：

"韩少功的作品给我非常深刻的印象。他一方面坚实地立足中国传统，另一方面有意识地使用西方现代主义和后现代主义的方法。"——Douwe Fokkema（国际比较文学协会前主席、现名誉主席）

"在创作技巧上,给我影响最大的是中国当代作家韩少功。"——Britan Castro(澳大利亚国家奖获奖作家)

"韩少功令人晕眩的想象和饶有趣味的虚构,对压制语言与思想的力量给予了精巧而猛烈的挑战。"——Kirkus Reviews(美国书评杂志)

"韩少功写下了宏伟的著作,具有史诗的雄心,一般流派所依赖的伤感缠绵与之毫无关系。"——The village Voice(美国书评杂志)

而接受国内媒体采访时,他说:获得奖章,表明一部分法国读者喜欢我的作品,当然让我高兴。我有法文版的六本书,但大多出现在巴黎偏僻的书架,我对这一点很清楚,因此没有什么可牛的。即使得奖也不见得就是名副其实。

对荣誉,韩少功总是保持高度警觉。对于"寻根文学倡导者"(《韩少功王尧对话录》)的身份,他不沾沾自喜不占山为王,声明"文化寻根不过与自己有些关系";至于20世纪80年代两获小说大奖,他说,"我撞上了一个作品稀缺的时代,一个较为空旷的文坛,所以起步比较容易";对于"思想型作家"的美誉,他自谦,"我在伏尔泰、维吉尔、尼采、鲁迅等思想巨人面前是小矮人,但在矮人圈里可能误戴一顶'思想者'的帽子"。

他沉静、内敛、疑虑，几乎对所有事物都辩证和逆向思维。他怀疑别人，比如，他说，"我读辜鸿铭的时候，总是猜想他在国外肯定受了不少闲气"；他也质疑自己，比如，他怀疑自己在80年代追捧个人主义失之于轻率。他自称"对写作从无自信心"……

智者多疑虑，愚人多自信。

疑虑和自省，并没有妨碍韩少功行动的勇猛。针对作家们潮流化的趋同现象，他又按捺不住，炮轰文坛虚浮之气，言人所不敢言，其心之烈其词之厉，导致又一场争论。之后，向来出手谨慎的他，一连发表《是吗？》《801室故事》《山歌天上来》《月光两题》四篇小说，既保持凌厉而温厚的风格，又分别从不同的艺术路径开拓创新，让喜爱他的读者们连连惊喜。他的中短篇小说集《报告政府》，被评论家视为"锋芒锐利的新动向"（木叶，《钱江晚报》，《第四十三页》）等，依然是颠覆常识的小说写作。

正如他所说，"文无定法，小说会有很多方式，各有发展空间，各有巅峰性作品"。

他的写作也有诸多回避，比如都市男女、两性情爱等题材。

写什么、怎么写，由作家的精神境界、道德水准、文学修养、生活积累等所决定。想要成为杰出作家，就应该像白银时代的俄罗斯伟大作家那样：超越个人世俗生活，关注广阔的社会生活领域。

韩少功认为，作家，尤其男性作家，缺乏思想能力很丢人。媒体称他为"知识分子写作"，他宣称自己是"公民写作"，因为公民都有参与公共事务的权利。

他对国内外形势、社会现实、经济问题、文化现象、世风人心的严肃思考，只是制度式思考而非权力式思考。他的反抗也只限于文化立场，没有走向偏狭，更没有遁入宗教。在我看来，他站得更高，人生思考达于哲学层面；他一些闪烁着思想光芒的篇章，与其说是文学，不如说是哲学。

他坚辞省作协主席之职，无奈又履新职——"被迫"当上他自嘲为"很边缘的僚"的省文联主席。作为条件，他可以半年湖南半年海南、半写作半职务。自此，他穿行于海岛和山乡之间。

有人漏夜赶考场，有人辞官归故里。人各有志。

"我喜爱远方，喜欢天空和土地……我讨厌太多所谓上等人的没心没肺或多愁善感,受不了频繁交往中越来越常见的无话可说……我是一个不讨人喜欢的人,连自己有时也不喜欢。我还知道,如果我斗胆说出心中的一切,我更会被你们讨厌甚至仇视——我愿意心疼、尊敬以及热爱的你们。这样,我现在只能闭嘴,只能去一个人们都已经走光了的地方,在一个演员已经散尽的空空剧场,当一个布景和道具的守护人。我愿意在那里行走如一个影子,把一个石块踢出空落落的声音。在葬别父母和带大孩子以后,也许是时候了。我与妻子带着一条狗,走上了多年以前多年以前多年以前走过的路。"(《山南水北》之《回到从前》)

时常龙吟的韩少功,竟这般悲凉、悲伤甚至悲怆,让人惊诧;"多年以前多年以前多年以前",尤其让人心酸。也许,没有人能理解他,即使理解,也只是他理解中的韩少功。

他寻觅到了栖身之地——八景峒。离长沙不算太远,交通便利;更重要的,离他当年插队的地方近,他可以讲一口当地话;尤其重要的,这儿有山有水(仁者乐山智者乐水,何况他是泗水好手游泳高手);最重要的是,"山可镇俗,水能涤妄"(《马桥词典》)。这是他心灵的乐土,精神的家园。

193

湖南，乡村，似乎是他永远的地域文化背景。

韩少功归隐乡野的生活和写作，引得猜疑四起众说纷纭，有境外媒体还诬之为"心灵异化、人格分裂"，真是夏虫不可言冰。"他们扔给隐士的是不义和秽物，但是，我的兄弟，如果你想做一颗星星，你还得不念旧恶地照耀他们。"他曾引用过的尼采之语，此时正成为其自我写照。

他对我解释下乡的原因：找我的人太多，我必须躲避，不然什么也干不了。

我想：也许这就是大实话，因为以他的道德自律，他不愿说谎话；也许他是在抵制媚俗，因为媒体把他"下乡"的立意越拔越高，也成了他的"不能承受"；也许更是缘于他思想的变化，他的返璞归真。晚年的托尔斯泰彻底当起了农民——有着博大、丰富、深邃、悲悯的心灵，就会着眼被世俗目光忽略的事物，同情社会底层人物和弱势群体，厌弃奢华享乐道貌岸然的生活。

他刚到八景峒时，村里以为他犯了错误而被城里开除了，但善良淳朴的村民用自己独特的方式对他表示友好：到处传说他很有学问，曾在《人民日报》上出过一个上联，全国人民都对不出下联来；出于对"大秀才"的敬意，有个老头拍着胸脯对他大表慷慨,"你以后死了就埋在这里,这山上的地,你想要哪一块就是哪一块,就是我一句话的事!"

多么可爱的老百姓啊!尽管也有附近村民把他买来的青砖"偷偷搬了些去修补猪圈或者砌阶基。后来我在那里看得眼熟,只是不好说什么"(《山南水北》之《怀旧的成本》),但是,"下乡的一大特点,是看到很多特别的笑脸,天然而且多样"(《山南水北》之《笑脸》),他热爱生活在这片土地上的真实、淳朴、善良、勤劳的人民。

韩少功去田间调查,了解"三农"现状。芒鞋布衣躬耕田垄,把自己彻底融入乡村。"阳光如此温暖,土地如此洁净,一口潮湿清冽的空气足以洗净我体内的每一颗细胞"(《山南水北》之《开荒第一天》),他热爱这片土地。他说:融入山水的生活、经常流汗劳作的生活,是一种最自由和最清洁的生活,接近土地和五谷的生活,是一种最可靠最本真的生活。他认为劳心与劳力相结合,才是比较理想的生活方式。

劳动使他身心健壮。身体的病残,可以造就心灵的丰富,而健全的意志和人格,必寓于健全的身体。

他"愿意结交人,不愿意结交身份"(韩少功语),与邻里乡亲友好交往,教他们做原生态家具赚钱、帮他们上网搜集生意信息，给当地学生赠送电脑、开设阅览室，并给孩子们当免费英语老师、计算机老师、课外辅导员。他利用自己的影响力帮村民筹集资金修路架桥，当最长的道路建成时，老百姓执意立碑要刻上他的名字，他拒绝。他愿意做的事情是：充分发挥自视为"酸臭文人"的特长，为石碑撰写了一篇半文半白的碑文。

他冷眼看世相百态，内心依然有至情。"我总感觉到自己的无能，为农民办的实事很少。"他叹道。

乡村的新鲜事物，浓烈的民俗风情，别具风格的人物形象，山民的微言大义……都引起他的强烈兴趣。认为中国最大的文体遗产是散文、自称越来越不爱写小说的他，以散文手法直接记录山野自然，记录他对民间底层的深入体察，记录他晴耕雨读的惬意乡村生活，记录淳朴山民的言行举止、理想愿望、价值追求，记录文化和贫富差距带来的现实碰撞；以生花妙笔写出亲身感受，描绘出农民心地的善良、生存的窘迫、人性的真实，总结对农村政策、农业制度、农民生活的思考，反映乡村对于中国现代化的积极意义。

他说，"中国69%的人口和90%以上的土地还在农村，这是更严峻的现实，更值得作家们关心的现实。"

韩少功不是写一般文人借题发挥的山水小品,而是以"为天地立心,为生民立命"的大愿,以跨文体长卷散文形式,将一篇篇美文结集为《山南水北》。

翻阅《山南水北》目录,小标题直白、质朴、喜气,一反他以前标题的奇崛、幽深、凄美。他于实中写虚、常中写异,一砖一瓦一草一木,都在他笔下绽放光华。《卫星佬》《意见领袖》等篇,人物传神故事有趣,处处是不动声色的韩氏幽默;《养鸡》《诗猫》《猫狗之缘》,把"农家三宝"鸡、狗、猫写得活灵活现、妙趣横生;《口碑之疑》中,满纸大象无形的韩氏智慧;《相遇》《老公路》《开荒第一天》中的忧伤,《老地方》《秋夜梦醒》中的隐痛……时而让我哈哈大笑,时而让我泪水盈盈。

从《山南水北》中,我也读到了韩少功的心灵史、成长史、生命史。

2006年,理性和诗意并重、艺术进入大化之境的《山南水北》,获"华语文学传媒大奖"年度杰出作家奖,评论家谢有顺在授奖词中称,"韩少功的写作和返乡,既是当代中国的文化事件,也是文人理想的个体实践。"

次年,《山南水北》获"鲁迅文学奖"。

自古雄才多磨难。回望韩少功的人生历程，是一条"光荣的荆棘路"，他生命的辉煌中，有着数不清的坎坷与遭遇。对于心灵强大者来说，人生忧患惊险皆可以成德。失望、孤单、挫折、苦难，不仅没有让韩少功倒下，反而造就了他宽广的心量、辽阔的视野、独特的观照、思想的丰富，磨砺出他成熟的人格、坚强的意志、强盛的生命，造就了他游于虚实，"致广大、尽精微、极高明、道中庸"的人生智慧，成全了他"大者含元气，细者入无间"的艺术成就。

　　大喜大悲大哀大痛，才能铸就生命的大格局，作品才能成其大有其美。

　　"一个人的道德要经过千锤百炼，是用委屈、失望、痛心、麻烦等磨出来的"，他说，"人一辈子不能光做聪明的事，有时也要做些傻事。如果我们以后回想这一辈子，这个风险也躲过了，那个苦头我也躲过了，这个人我没有得罪，那个人我也一直拉拉扯扯，我们的这一辈子就十分令人满意吗？人生要有意思，恐怕还需要做点傻事。"

　　这是一种西天取经历尽磨难后的平静，是一种孤独求道沧桑阅尽后的超然。韩少功，走过了"看山是山看水是水，看山不是山看水不是水，看山是山看水是水"的心灵轮回。

日前，登上海南岛二十三年、被现任海南作协主席孔见戏称"二十三年红旗不倒"的韩少功，强行交了辞职报告，以期彻底解脱出来。他并非没有从政济世的壮志，"我本来可以金戈铁马的百年，本来可以移山倒海的千岁，本来可以巡游天河的万载……"（《山南水北》之《时间》）何等的雄心！只是，他审得失明取舍，"人只有把大局和终极的事儿想明白了，把人类社会的可能和边界想明白了，才会知道自己可以做什么，不可以做什么，哪些事情很重要，哪些事情不重要"（韩少功语，2007年《南方周末》）。

我相信，有着信念定力和思想活力的韩少功，已经著作等身的韩少功，无论怎样在文体上孜孜探索，无论怎样通变求新，都会"坚持建筑自己的哲学世界和艺术世界，成为审美文学的大手笔"（韩少功语），都将行之高远文章不群，都能独树一帜自成一家，"因为有那么多真诚的读者存在，因为有今后几代乃至几十代读者们苛刻的目光投来，我们不能放弃。这种坚持也许意义不在于曾经喧嚣一时的'中国文学走向世界'，而在于文学重新走向内心……"（韩少功获奖演说词）。

假如，韩少功的思想和理性光芒不这般炽烈，或许他艺术的唯美之境会更深更远，他和他的作品也更能走向大众走向世界。

然而，那也就不会有当今文坛上独一无二的韩少功。

附：韩少功、杨海蒂访谈录：

杨海蒂（以下简称杨）：绝大多数作家都是性情中人，而您的作品以及您自身，给我的感觉是：道德力量、心灵力量、思想力量、文字力量都很强劲。我想，您当然也会有脆弱的时候。请问，什么才能使您脆弱？

韩少功（以下简称韩）：一个小孩子受委屈，也能让我脆弱。余华在小说中，雷平阳在诗歌中，都写到主人杀自己的狗，而临死的狗既无助又顺从，这样的描写总是让我久久地难受。我其实比较容易流泪，而且怀疑其他男人也是如此，只是大家都喜欢在外人面前装硬汉。

杨：您的作品，无论小说、随笔，都深受读者喜爱、追捧，受国内外文学界、学术界关注，但有人喜欢您的小说，有人偏爱您的随笔（比如我），请问您对自己的小说还是随笔更为满意？

韩：我曾经赞成这样的说法：想不清楚的写成小说，想得清楚的写成随笔。这是乐趣和功能都不同的两件事，对于我来说二者都很重要，就像人有左右两条腿。我只是后悔没有用不同的笔名来写这两类东西，也许那样人们就不会向我提出你这种问题了。

杨：您自认的代表作是？如果要给新读者一个选择（请您自荐作品），您会自荐哪一（几）本书？

韩：《马桥词典》与《山南水北》可以翻一翻。

杨：窃以为，凭您的高智商和经世能力，您完全可以成为一个非常出色的政治家，曾有人对我说过"韩少功当作家是屈才了"，您自己觉得呢？政治家和文学家两种角色（特指您，不涉他人），您觉得哪一种更能改造世界、影响社会、开启民智、教化人心？哪一种更能让您有成就感、价值感？

韩：我做过一点社会工作，与政治家的角色几无关系，不知道你说的那种评价从何而来。我没做过的事，人家怎么知道我能做好或者不能做好呢？北京的很多出租车司机，乡下的很多农民，沙龙里的很多读书人，一开口也都有政治局委员的口气，但他们到底有几把刷子，恐怕得让他们真练上几把再看。读书写作，可以面对理想，在对与错之间选择；但治国理政，只能面对现实。用古人的话来说，前者可以"识圆"，后者只能"行方"。这是两种不同的工作对象和行为方式，做好了都有价值。在这个意义上，我会比较同情古今中外的各类政治家——假如这些人还怀有理想的话，他们就会有很多苦恼与风险，比单纯的写作者多得多。

杨：三十多年的时间里，您的创作势头一直旺盛不衰，请问您希望通过文学表达和实现什么？您个人赋予文学什么样的含义？在文学上，您希望达到的最大愿望是？

韩：寻找真理——这个真理在文学中经常表现为真情实感。

杨：您思想的广度、力度、深度令人折服，我甚至觉得您是优秀哲学家，诚然，您拥有思想者的快乐，但，"一个人思虑过多，就会失去做人的乐趣"，您同意这个说法吗？

韩：古人已经说过：君子多忧，小人多患。有些人会把占小便宜当作乐趣，有些人会把解数学题或当社会义工当作乐趣，因此乐趣到处有，忧患也到处有，只看你选择哪一些，比方说是多丢掉一些"患"还是多避开一些"忧"？从我的观察来看，很多人晚年暗淡，愁眉苦脸，大多是因为他们的关怀半径太小。大概人一老，就成了名利场上的弱者，如果患得患失，日子就真没法过了。相比之下，关怀半径大的人倒有可能享受到更多开心的源泉，有更多爽朗的笑声。

杨：您推崇格瓦纳等悲剧英雄，从您的随笔中，我感知您曾是英雄主义、理想主义、浪漫主义者（不知我的认知对不对），请问您自认现在还是吗？

韩：在当今这个庸俗的世界，梦想已经成了稀有物品，唯其稀有，才更为可贵。梦想并不意味着许诺一个完美的世界，但它能引导各种有意义的过程。对于个人来说，这个过程不会通向完美人生，但能使人生不那么恶俗。对于群体来说，这个过程不会通向完美社会，但能使社会不那么败坏。我们不必相信圣人和天国，但生活中的好与坏、对与错，还是有区别的。这是因为人们内心中还是有一个顽强的价值标尺。至于是不是经常把这个价值标尺高声说出来，则是另外一回事。现在的社会风气是羞谈正义、正真、正派，大概也很不正常吧。

杨：对于新时期文学，当下有"唱好""唱衰"两种基调，请谈谈您的观点。

韩：我不愿意对以后的事算命，至于就已经发生的情况来说，我个人总的感觉是及格。这就是说，新时期的很多作家和作品值得肯定，特别是产量高、品种多、技法创新等方面，中国似乎丝毫不弱于其他国家或地区，也不弱于自己的以往。但不够理想的是，我们似乎还缺乏引领人类精神的经典性作品，不足以形成人类文学领域又一个明显的历史高峰。

杨：请您以文化学者的身份，谈谈对建设海南国际旅游岛的看法。

韩：这个话题也许应该让经济学家、社会学家来谈。旅游对文化的作用，我还要看一看再说。

吴克敬

青灯、木鱼和钟

那是一尊木雕的佛首，比小斗大，比大斗小，见的人有说是宋朝的遗传，有说是唐朝的留存，还有说是两晋南北朝的古物……我是一个木匠，老庙里拆下来的檩条和柱梁，揭去陈年的包浆，不是吹牛，我一眼看得出使用过的年月。古老的木雕佛首，谁敢揭那团黑色的包浆，没人敢揭，却又没人考我，我就只隔着黑黝黝的包浆估摸了。我的估摸是虔敬的，我估摸这尊美到极致的木雕佛首该是明朝的奉献。如今，这尊珍贵的佛首，被贾平凹请了回去，敬奉在他的"上书房"，天天都要敬香礼拜。

"上书房"自然不是满清皇宫里的"上书房"，是贾平凹给自己专辟的一处书斋。他的这处书斋，堪称一家颇具规模的私人博物馆，满眼的汉罐、瓦当、石头、画像砖，其中拳头大的旧石狮子就有两千多个。他为此还写过一篇短文，称其是贾门"狮子军"。所有的收藏中，佛首是贾平凹最为恭敬的，有一尊铁制的，安顿在他接待客人的门厅里，有一尊石质的，安顿在他书法绘画的顶楼上，唯独这尊木雕的佛首，朝夕与他相望，他坐在书斋的写字桌上，每一抬头，都会接上木雕佛首庄严慈悲的目光。

决意于文学途程的贾平凹，从高僧大德者身上，先天性汲取了这样一种品质。他太能吃苦了，当然还有他独具的悟性，自1977年以儿童文学创作步入文坛，到今天，他总共出版了多少本著作，我问过他，他自己都说不清楚了。原来评价一个人"著作等身"，在贾平凹这里不好用了，他出版的著作把他埋起来，可以为他堆起一座恢宏的书山。仅以他创作的长篇小说为例，1988年出版了《浮躁》后，每隔三两年，就有一部长篇问世，按照顺序排列，计有《废都》《白夜》《土门》《病相报告》《高老庄》《怀念狼》《秦腔》《高兴》《钟楼》十余部。也许我识见有限，孤陋寡闻，不知当代作家谁能如贾平凹的创作一样丰沛。文学评论家雷达就说他："我很难想像，这个躯体绵薄、头颀也不硕大的人,何以蕴蓄着如此惊人的创造能量,仿佛一座采掘不尽的矿床。"

雷达无法想象贾平凹。和他在一个城市生活的我也是无法想象的,但我可以很明白地说出来,他全部的创作都在于这样一个词:刻苦勤奋。我要说,贾平凹的刻苦勤奋,不是一般意义的嘴上说的,而是实实在在的行动。他五十岁时写的《五十大话》一文,对此有着很好的揭示。他说了,五十岁以后不能冒险再做一些事情,样样都使人深省,其中一个不再作,就是告诫自己,再不能不顾身体的因素熬夜了。我以为他说了一句大实话。是为作家的他,不熬夜怎么写得出那许多脍炙人口的好作品。他之熬夜,把白天也习惯地当作了夜晚,是昼夜不分地熬着的。作为他的好朋友,我没少去他的书斋搅。我要说明的是,我搅扰他的时间都是大白天,可我踏入他的书斋,总像踏进无边深重的夜晚,像他现在的"上书房",他把开发商做得很大的窗子都堵上了。一个青铜的灯杆,成弧形悬在他的书案上,为他聚焦了一处不大的地方,他就在那聚光下笔走龙蛇……他这一熬夜的习惯成了自然,到我与他成了同事,班子里有事请他到单位来,他进我的办公室,首要的事情不是与我谈话,而是几步走到窗子前,把我洞开的窗子关上,再把我洞开的窗帘拉严，让外人不知，还以为我俩说什么见不得人的黑话哩。

熬夜熬成了这样，他人过五十，确实不该熬夜了，但他却食言未行。我没问过贾平凹，我是从他的创作来判断的，他告诫自己不能熬夜了，但却在不长的时间里，连续推出《秦腔》《高兴》等几部长篇小说，而且一部比一部厚重，一部比一部宏大。西安文学界的朋友，聚会为他的《高兴》开研讨会，我是主持人，会上听他自暴内幕，说他写作《高兴》，前后历时两年多，并五易其稿。对他的这句话，我半信半疑，研讨会结束吃饭，我问贾平凹，表达了我的疑惑，让端了酒杯的他与我相碰就要喝下肚腹时，他不喝了，说我怎么可以不信他的话？拉着我的手，让我跟他去他的"上书房"，验看他的《高兴》五稿。饭毕，我怀着探秘的心理，跟着贾平凹去了他的"上书房"，看他一稿又一稿地从他书桌下的矮柜，如数家珍地连着取出五稿《高兴》，如西安古城墙砖一般砸在我眼前，我震惊了，猜想书稿得多少字？平均摊在每天又得多少字？这些字不是在电脑上敲出来的，贾平凹用不惯电脑，他依然用着自来水笔，像是刀刻一样，在稿纸上，一刀一刀地刻出来的。

这可以证明，贾平凹还是熬夜了。作为一个文化名人，又担任着陕西省作协和西安市文联的领导职务,他有太多的社会义务以及人情负担要做,他不熬夜,那许多刀刻出来的文字,难道会无性繁殖出来!

熬夜的贾平凹,自然也是熬心的。我怀疑他把自己血管里的血,时常当作了高热值的燃料,一遍遍压向他的心脏,一遍遍地熬煮他的心。

呕心沥血……贾平凹的心是越来越柔软,越来越具有佛的信念和宗教的情怀了。

我出版的第一本书,就取了个《日常的智慧》书名。当时,我与贾平凹就这个问题做了讨论,我以为日常或者民间,是政治、哲学和宗教的基础,没有了日常或者民间、政治、哲学和宗教是无根之木、无水之舟。政治、哲学和宗教所以存在,所以声嘶力竭、不遗余力地呼号和叫嚣,他们所要解释的无非是日常或者民间。

贾平凹的文学创作,从始至终,无时无刻不贴近日常或者民间,所以要说他的创作历程,也就是他圆满自己修行情怀的历程。

这仿佛是庙堂里的木鱼声,"梆梆梆梆"敲着时,庙堂是活着的,就一定弥漫浓厚的香火气……那悠扬悦耳的木鱼声,是庙堂里的修行者敲响的,他们在为自己敲,同时又传播进日常或民间的耳朵。贾平凹该是庙堂里那个敲着木鱼的修行者,极其重视日常或民间的领悟和感受。

躲不过的是《满月儿》,这篇获得1978年度全国短篇小说奖的作品,公认为贾平凹的开山之作,作品中的农村青年满儿、月儿姐妹,因为贾平凹的自然塑造,让两姐妹一出场就带着暖暖的宗教味道,她们是善良的、纯朴的。贾平凹由此而发端,到他来写"商州"系列作品时,就更自然地浸淫着宗教的情怀,乐此不倦地做着新的发现和探索。

这是贾平凹的智慧了。他在文学创作中,为自己构筑了一个贫瘠、美丽,却又充满了神秘感的商州。可爱的商州,是贾平凹生活成长的故乡,他把自己的文学创作根植在故乡,使他的故乡升华成他的艺术精神的栖息地。这里天荒地老,苍茫厚重,峭崖深谷中有取之不尽的猎物、柴薪和药草,潺潺清澈的河流是鱼鲜、山货和舟船永不枯竭的渊源。有人说过,"当自然不仅仅作为背景而是同时作为作家的重要表现对象,它必然会渗透作家主体性情从而形成一种艺术"。其实宗教莫不如此,"天下名山僧占尽",这句话是可以说明问题的。贾平凹的"商州"系列,哪一部作品不是先以自然景物描写为开端,展卷捧读时，映入眼帘的总是那个"商州"山地的风物景貌，在这独特的自然景物里，让他作品里的人物故事，从懵懂中醒来，渐渐鲜活起来。他们是贾平凹的邻居和同乡，他们具有商山一样的气质，虽然，距离省会城市西安仅有一百多公里的路程，但山的幽深，路的崎岖，信息的闭塞，使这里仍然有着原始荒蛮般的美丽。唐代的诗人贾岛，不知何故路过商州，哀叹商州"一山未了一山迎，百里都无半里平"。用现在的话概括贾岛的诗意，最准确的话就是六个字"七分山、三分田"。一方水土养一方人，贾平凹笔下的邻居和同乡，在商州这片特殊的环境里，拥有异常的耐力、节俭和坚韧的品质，他们顽强地与天斗与地斗，艰难地生活着，却不失他们本质上的热情和好客。贾平凹在《商州初录》中说："自酿的酒初喝味道不好，但愈喝愈有味，酒令五花八门，冬天的夜晚便可以从黄昏一直喝到第二天清早，以谁家酒桌下醉倒的人多为荣耀，吃肉更是以方块见长，常在稀饭里煮有肉块，竟使外地人来吃面条吃到半碗，才发觉碗底尽是肉片子而感慨万千。"《商州初录》中有篇《周武寨》，贾平凹又还借着《周武寨》中的寡妇，大说"宁愿路过的脚夫随便吃杏子也不愿意卖给他们，只需把杏核留下便是"。商州人的淳朴、厚重、就这么地被体现了出来。

"商州"系列,让贾平凹"吃到天堂糖果"般受用,他循着这条路,非要走到黑不可了。

盛行于商州的人物故事扎着堆往出走。《黑氏》中的木犊添了一条新扁担,他为新扁担专设了一个香案,来敬扁担神:"木犊反身退之院门外,转正身,其足立于门内,叩齿三十六通,以右手大拇指在地上先画四纵,后划五横,毕咒曰:'四纵五横吾今出行禹王卫道蚩尤避兵盗贼不得起虎狼不侵行远旧故当吾者死背吾者之急急如九天玄女律令。'咒毕,再不反顾,大步而去。"后来,木犊要去潼关挖煤,临行他父亲亦设香案拜天拜地拜列祖列宗,念咒出门划"四纵五横"护身符。商州山民的思想中,笃信神秘力量的存在,他们对神力的崇拜,也就是对宗教的崇拜,希望得到这种崇拜的庇护和帮助。阅读《天狗》,主人翁天狗到了"门槛年",即他属相相合的本命年。商州人认为凡经历本命年的人,运道都不会好,容易遭遇"牛鬼蛇神"的扰攘,解决的办法,就是在腰上缠上红布,以为辟邪,天狗是信邪的,他在自己的腰上系上了红腰带,如果有余钱,他还会置办酒席,以办喜事冲掉身上的晦气呢。

不独贾平凹偏爱文学创作中宗教文化的表达,商州山里的民风民俗如此,他又能怎么样呢?在商州,不去历数佛教的场合，只说道教一门，著名的就有一十七处。商州市的双乳山、玉皇顶、龙凤山，商南县的老君山，洛南县的仓颉庙，山阳县的小天竺山、祖师洞，镇安县的塔云山、仙宫娘娘殿、玉皇殿、祖师殿、一天阁、金顶等，香火从来都很旺盛，还有他的祖居地丹凤县，就还有黄龙洞、松树洞、老姥庙等，历史上有名的"商山四皓"，不离不弃，终老商州山里，至今为人所景仰。贾平凹自幼生长在这里，耳濡目染，深受其影响，诚如他所说，"如何在中国背景下来分析人性种种缺陷，又能在作品中弥漫中国传统中的天人合一的浑然之气，意象氤氲，那是我的兴趣所在。"兴趣所向，贾平凹便很自然地，一而再、再而三地向他感兴趣的方向而掘进了。

玄虎山是贾平凹中篇小说描绘的地方，山上与山下存在着两种截然不同的生活。山下的村民生活正经受着市场的冲击，发生着日新月异的变化，传统的生活模式和道德规范产生了前所未有的挑战。然而玄虎山上的道观里，乌衣道士一如既往地延续着他们清规森严的生活，炼丹守精，潜心道法。他津津乐道着玄虎洞里的环境，亦颇有道家仙境，玄虎洞里有八具钟乳石，似人非人，体态阴柔，洞中有两眼泉水滋横，"下行一丈，入一潭口，一支从左斜入，一支从右斜入，水在潭中回旋，旋半圈,又反旋回来,再从潭下沿的一个槽口流出,往洞外沟谷去了。潭的中央,两个半圆的核心处,则浮旋一堆白沫不散,长年经月地"。泉水在玄虎洞里呈现出一个非常明显的太极图形。作品的主人公在玄虎洞里,如梦似幻,眼见八具钟乳石,竟然幻化成媚人的女仙,来为他父亲采撷金丹。

作为文化背景里的道士,在贾平凹的中篇小说《古堡》中有符号化的出现。如《故里》一样,道士修炼在高山顶上,熟识地史艺文,精通理义典章,作为商鞅后裔的一众村民,对道长充满了敬畏之心,凡遇重大事情,势必上山问卦占卜,焚香磕头得来的一纸谶语,就是他们行动的方向,村里的张老大,想要挖矿致富,同村的其他人手捧谶语,以为张老大挖矿会破坏风水,导致山中白麝复现,是不祥的征兆,便千方百计地予以阻挠,导致一连串的悲剧发生。

有位学者曾评价贾平凹的创作:"他从对中国古代文化的混沌感受中,感性地融合性地接受了中国古典哲学,其中既有儒家的宽和仁,也有道家的自然无为,甚至有着程朱理学对世界观唯心主义认识。"是的,贾平凹在他的文学创作实践中,虽然满怀深情地拥抱普遍存在于生活的宗教现象,却难说他把持得有多么准确,甚至有所偏颇,潜入神秘诡异的传说、巫术和占卜的泥潭，产生一种宣扬封建迷信的不健康倾向。但这并未影响他因此而使自己的创作更有质感，在一定的程度上，突破了现实主义的樊篱，表现出较多的非现实主义成分。

运用象征、隐喻等艺术手法，成了贾平凹手到擒拿、常用不疲的方法。他以此对存在于商州山地民间信仰进行透视，发现其中的奥秘，而使他的作品充满浓厚的魔幻色彩。自然界里的老牛、夜以及月等自然存在，都有了与人沟通的灵性，这在他的长篇小说《怀念狼》中，有了最为突出的表现。他以"舅舅"捕狼为线索，抽丝剥茧，为读者展现出一系列人与动物相互物化的离奇故事。狼这个让人闻之生畏的家伙，在他的笔下竟也有了与人一样的宗教情感和思想。贾平凹心里很明白，狼的本性是动物性，即凶残和暴虐的象征，是人生命的危害者。但人也是狼的屠杀者，尤其在人定胜天的现实理念鼓舞下，狼往往悲惨地成为人的口中餐。这体现了人与事物的对立。贾平凹没有回避这一现实存在，他怀念狼，不忘记叙狼的凶残本性，却也让狼"放下屠刀，立地成佛"，表现了狼能知恩图报的高贵品质。文中的道士有恩于狼，狼得到了金香玉，自己不用，如数送给了老道士。狼愿意与人和谐相处，但人不知狼的善良用心，为了自己的欲念，不断地蚕食着狼的生存空间，狼奈何不了人,在退缩着,不断地退缩,哪里是它的家园?狼悲哀无助,变得脆弱而惊惧。当然,这不能说是人的胜利。也不能说是狼的失败,世间万物,你中有我,我中有你,从来都是息息相关的,互相依存的。狼不是人的天敌,人应该以温暖的情怀,善待狼。

狼在贾平凹的笔下变成一种流失的文明。而对狼的怀念和保护,更蕴涵了保护文明、追寻文化的理念。是狼,"激起了我对商州的热情,也由此对生活的热情"。贾平凹如是说,因此他让"舅舅"由杀狼而变为救狼,并向人世间发出这样的呐喊:可我需要狼!需要狼!

这还是要再提《古堡》的,那棵整日被烟雾笼罩的树,突然地被人一传说,就成了一棵灵异的九仙树,人们把它当神一样敬着,给它敬香化纸,添油点灯。拴在树身和树枝上的祈愿红布条,把一棵成仙了的树,裹缠得如一个风中飘摇的大红灯笼,云奶奶在九仙树下,居然连通了阴阳两界,和亡灵你一言我一语地交流着各自的思念和痛伤。这太不可思议了,但要认真地阅读贾平凹,并设身处地地为他所想,就知道不可思议的只是一种文学手法,而他表现的那种艺术情感,就一点也没不可思议,而是何等的真实和必然。例如《龙卷风》,贾平凹用了一章的文字,对人间鬼市做了惟妙惟肖的描写,他笔下的鬼有鬼的语言,而且会做生意,会为保护自己的利益同人周旋、争斗……鬼市里的鬼是如此,龙宫里的龙王亦如此。《龙卷风》中村民赶在四月五日祭祀龙王,场面的热闹自不待言,大家自觉走出家门,到州河边来烧纸放炮,然后,是男人呢,就要集体努力,用红布围起"太"字里的一点,浮水往石岛上去。是女人呢,则都拿了贡品乘船而往……上了石岛,一一去草亭前磕头祈祷,各人有各人的心思,言轻得只有自己听得着,当然龙王也听着了。

我陪贾平凹去过一些地方,领教了读者对贾平凹文学作品的热情。我问贾平凹,中国的作家多了去了,你知道读者为什么喜欢你?他狡黠地看着我笑,却一语不说。我看得懂他的狡黠,那是一种自信呢,大自信啊。他一语不发,其实就是逼我说的,我说了,说他文字好看,他摇头依然不语,我又说了,说他故事好看,他仍摇头不语,于是我说,在于你作品中无处不在的宗教情怀。这一次他开口了,说,有道理。

为此,我想起了一个关于贾平凹的传说,在朋友中间传说一次,大家就要大笑一次。这个传说,贾平凹自己是知道的。我在他跟前核实过,他没有否定,也没有肯定,让我以为这个传说，应该是真实存在的。传说是，贾平凹落草在丹凤县的棣花镇，出生满了一月，家里客来客往，为他庆着好日。中午时分，父母在一张条盘上放置了钢笔、钱币、糖果什么的一些物品，来让贾平凹抓周了。抓周是他们商州的风俗，父母让月子娃抓周，是要考察月子娃未来的志向，抓钢笔者该是一个好读书的人，抓钱币者该是一个懂生意的，抓着糖果……满盘的物品，端到贾平凹的面前，他仔细看过，把钢笔、钱币、糖果等一一指点过后，什么都没抓，伸手到自己的裤裆里，抓住了自己的牛牛。

嗬呀！父母惊异之余，只能称赞他的自信了。

自信的贾平凹，不紧不慢地敲着木鱼，他敲了些时日，大敲出一片自己的艺术声响，他不会停留，他将改变自己。

难以置信，也难以置评的是，贾平凹的身体不是特别好，可他又那么玩命，那么让人揪心，不晓得他是受了什么力量的鼓舞，上了一个台阶，还要向上再攀一个台阶。我以为，还是深藏在他心里的宗教情怀，让他寝食不安，让他欲罢不能……正如大家论及他的文学创作，少不了谓之其儒释道兼及一身的文化觉悟。传统知识分子的忧患担当意识、老庄神秘文化及无为处世思想、佛家普度众生的悲悯情怀，交织在贾平凹的笔下，杂糅在他的作品之中，矛盾着，又统一着。统观他的创作，虽然片段的、细节的、存在着一种轻佻的喜剧成分，但整体上不失生活的沉重和无奈，尤其是他的几部成熟之作。

可能是贾平凹体恤大家阅读他时的宏博和庞杂，在2009年时，他函集出版了包括《浮躁》《废都》《秦腔》三部长篇小说，这可谓贾平凹文学生涯的一件大事，足见其各自里程碑般的意义。

《浮躁》是贾平凹的头一部长篇小说，他出手非凡，正像他自己坦言，"我试图表现中国当代社会的时代情绪，力图写出历史阵痛中的悲哀与信念"。他的坦言是对的，但他也只是坦言了他的创作动机，他没有坦言他敏感的神经，如何能发出这一创作动机，这给读者提出了一道难题，在阅读作品时，以为他有一条神秘的管道，直通未来还不可知的事物。出版在1986年的《浮躁》让我就有了那样的感受，此其时也，中国的乡村改革也刚掀起潮流，大家"摸着石头过河"，谁都不知道前头的路怎么走。作品的主人公金狗接受了部队的教育和锻炼，复员返乡，他满怀热情，决心勤劳致富，却在家族仇恨和当权者迫害下，出师未捷，屡遭挫折和打击，无奈以牺牲自己的爱情，而换取了一个进城的机会，做记者后又不吸取教训，还要秉笔直言，结果招致一连串的祸端，最后还把自己送进了大牢。幸有情人石华，甘愿献身省长儿子，为他讨来一个自由身。灰头土脸的金狗出了狱来，举目苍茫，他无路可走，重又回到州河上……但他依然不甘命运的安排，还要与种种不合理的现象进行不懈的抗争。金狗是浮躁的，与金狗在《浮躁》中沉沉浮浮的韩文举、陆翠翠、英英娘、麻子铁匠、画家和福运，谁又不是浮躁的呢？

浮躁……作品出版后的中国社会，被贾平凹预言般说到了核心处，这时的中国社会和社会中的每一个人，都浮躁得自己认不出了自己。

《废都》继承了《浮躁》的这一艺术特点，他的出版，又一次预示了未来的社会生活，让人感受到比之《浮躁》更为深重的凄婉和悲凉。

贾平凹头一次从他的故乡拔腿出来，来写历史悠久的西京城了。他这次的转身，堪称华彩靓丽，不像他写《浮躁》时，着重于社会生活的叙述，写《废都》他转向了人物的内心世界，浓墨重彩地凸显他们的主观精神生活。

贾平凹说了，《废都》将是他"安妥灵魂"的作品。很显然，这只是他的一厢情愿，《废都》又哪是安妥得了作家的灵魂，庄之蝶那位来自小县城，但在西京城浪出名望的作家，我想贾平凹是把自己的一部分寄托给他了。评论家贺绍俊就很明白地说："庄之蝶这一文化人的形象几乎就是贾平凹的化身。"庄之蝶身处繁华，内心却极为空虚颓废，他平日不能努力写作，而是奔波在官场、商场和情场之间，自恋自怜，对于倾慕于他的女性，他是来者不拒，表面看，那许多的女性似乎都倾慕着他的才华，其实不然，真正维系他和她们之间关系的，只是赤裸裸的性欲，是他身上保留着的旧时代奢靡的、荒唐的性趣味和性嗜好。欲望没法满足，灵魂无处依托，在连以前拥有的都失去了的时候，身心疲惫的名作家庄之蝶，最后被所有人抛弃，中风在车站混乱的候车室里。

庄之蝶的结局是悲惨的，《废都》中其他名人也好不到哪里去，秦腔名角后为西部乐团团长的阮之非沉湎财色和酒地花天之中，终使人眼变狗眼，看什么都发生了异变；画家汪希眠关窗闭户，制作售卖假画古画，被公安机关收监；书法家龚靖元赌博成性，在吸毒儿子荡尽家产后，自杀身亡；最可悲的是《废都》里的四小名人，他们是西京城的未来，却都竞相沉落，出没于黑白两道，吸毒嫖娼无所不为。

天作孽犹可为，自作孽不可活。《废都》的悲剧意味充满了彻骨的悲凉。

《秦腔》的问世，使贾平凹的创作达到了一个很高的境界。他的笔触再次聚焦现实，回到他所热恋的乡村叙事。

乡土叙事，是离不开乡土的。尽管我们每一个乡土中的人，毕其一生的努力，都是为了离开乡土，但自己被血浇灌的心，哪里又能真正离开乡土。贾平凹游离开他的商州山水，是有一些时日了，他之所以回头再次关注了乡土，是他发现了当下的问题，那便是中国人将面临"无土"的危险。土地是农民的生存根本，而现代化的建设需求，却使土地在迅速地减少，与此相伴随的，还有农村人口大量流散，"村子里死了人，都没有足够的人力来抬埋"。2007年秋天的时候，贾平凹因母亲病危回家。作为他的朋友，我驱车到棣花探视，贾平凹陪着我，把生育他的故乡转了个遍，他不无伤感地给我说了这句话：现在的乡村已不成为乡村，而家园亦非原来的家园。物是人非，让伤感着的贾平凹在《秦腔》后记的结尾，更加伤感地发出了一声长叹："故乡啊，从此失去记忆。"

数十万字的一部《秦腔》，贾平凹没有设置一位"英雄"式的经典人物，讲述的也不只是某个人的个人际遇，琐琐碎碎，凌乱泼烦，既展现了贾平凹文学创作的一种新探索，又表达了他对家园现状的思考和底层民众生活的隐忧。清风街在贾平凹的笔下，仿佛一曲乡土中国的挽歌，是凄婉的，更是悲凉的。夏天义嗜土如命，在失去土地之后，他有了一个吃土的怪癖，最终在七里沟开荒时被黄土埋没；白雪与夏风的婚姻，本来是极令人羡慕的，天作之合，后来却以离婚告终；引生疯狂单恋，被人发现后又羞愧自戕，用刀去了他的男势；夏天智对秦腔痴心不改，留下遗愿死后入殓一定要脸谱马勺覆面……所有的情节和细节，蜂拥到贾平凹的笔下，无不显示他对于乡土、对于农民的忧虑和悲伤。

大慈大悲，慈悲为怀……这都是宗教所要释放的情怀，贾平凹在他的文学创作中，贯穿始终的，都是一个"悲"。有悲伤、有悲凉，还有悲惨。他所有充满"悲"的情状，应该是有鲁迅论及"悲剧是将人生有价值的东西毁灭给人看"的那一种取向。这在他函集的三部长篇小说中，可以看得很清楚，三部作品那种深沉的悲剧意识，可谓愈演愈烈，几乎到了无路可走的绝望境地。其实，贾平凹是不想看到这个结局的，他是想要拯救的，拯救生活中陷入悲剧的一切灵魂。他能怎么拯救呢？大概只有宗教的"悲"了，在他的作品里，不仅是这函集的三部长篇小说，还有他的其他重要作品里，总是弥漫着一种泛神论的色彩。在朋友的聚会中，我就多次听他讲，万物皆有灵，相对于自然与社会，人是渺小的，个体的人要永葆感恩的心态和敬畏的心理。儒家的仁厚宽和，道家的无为自然，佛家的悲天悯人，被贾平凹糅合起来，输灌给了他作品中的人物。他多想自己塑造的人物，都能幸福地沐浴阳光，然而又常常事与愿违，典型到后来，《废都》里的庄之蝶在与唐婉儿做爱后，竟然来了一次模拟自戕，到了《秦腔》，那个神叨叨的却绝对清纯善良的引生，则为了证实他的情感纯洁，刀起刀落，很干脆地自戕了自己。

"人生很少有欢乐。""人生就是痛苦的，苦难的。"在贾平凹的一些访谈题中，这两句话吊在了他的嘴上，他是不断要说的。我以为他是为他作品中的人物代言的，同时也在言说自身。众所周知，贾平凹的童年生活贫困孤独，独处的环境造就了他敏感抑郁的性格，这使他既自闭又内省，进而拥有一份独到的人生体验，加之他的灵慧敏悟，自以为是深化着他的思索和发现，让他坐望世态，总会生发出宗教般的感知和预见。这是贾平凹奇异和神秘的地方，但评论家阎纲却有不同的看法，他在评论贾平凹的作品时说了这样一段话："平凹自己并没有把世事看透，所以他悲从中来，灵魂始终不得安宁，他想悲天悯人，却又无法救苦救难。"

就在脱稿这篇贾平凹的文章后,我去了他的"上书房",我也如他一样,给那尊木雕佛首敬了香。我也想学着贾平凹,五体投地地拜佛时,我跪不下去了,当然就更爬不下去……贾平凹原来磕头叩拜的那条毯上,不知什么时候,有了一只体量很大的木雕蟾蛙。金灿灿完全天然的形状,卧踞在佛首的面前,我想贾平凹把这只金蛙是比作了他的,他要出门去,天南海北走,他不能冷落了佛,就找来一只金蛙,代替着他,时时刻刻替他敬着佛,并向佛窃窃私语,为贾平凹祈祷灵感和健康。

(2010年6月13日于西安曲江)

作家论的三种形态（代后记）

贾梦玮

"作家读作家"是独特的"作家论"体裁。它是一个创作主体对另一个创作主体的体会、体察、体谅，是将心比心，惺惺相惜。如果说读者是前厅的食客，那么"作家读作家"乃是带着读者去到后厨，不仅介绍食材，更是让读者了解作为"大厨"的作家的日常状态与写作秘籍。

作家论是文学研究的"基础学科"。费时多，见效慢，吃力不讨好，是所有基础学科的特点。所以，很多批评家不愿意做作家论。但作家论是文学批评、文学研究的"基石"，其重要性不言而喻，总得有人去做。在此之前，《钟山》的"河汉观星"栏目曾做过两个系列的作家论，都是文学批评家对作家的研究和评说。先是较为全面的作家研究，从作品，从作家生活经历，思想和情感的来源出发，结合作家的才、情、胆、识，努力做到客观、公允地论述作家的文学成就。既说成就，也说不足，以成就为主。在"河汉观星"，不少作家才首次有了自己的作家专论。动辄三万字的篇幅，工作量大，确实也比较全面。

全面，有时候就会给人"四平八稳"的感觉。针对文坛和批评界"唱赞歌"的惯性和怕得罪人的倾向，于是"河汉观星"做了"创作局限论"系列。这次是专挑问题说，"挑刺儿""找毛病"，不及其余。共做了六篇：《余华的惯性》（黄发有）、《论张承志近期创作及其精神世界》（贺仲明）、《困顿中的挣扎——贾平凹论》（洪治纲）、《莫言的欲望叙事及其他》（张光芒）、《张炜创作局限论》（何平）、《王安忆的精神局限》（何言宏），单看题目，就能感觉到火星迸射。六篇文章后来出了单行本，名为《当代文学六国论》（江苏文艺出版社 2009 年 4 月版），有较大反响。一些大学的文学院将其列为研究生的必读书目，学术上也成立，因为栏目和批评家的出发点也是学术。

批评虽然激烈，甚至有"尖刻"之嫌，但因为不是泄私愤，而是出于文学的初心和公义，所以并没有像有些人所担心的，引起文坛人际关系的紧张。有些议论应属正常。比如就有些作家、读者说：无论说好说歹，批评家是站着说话不腰疼。于是我想到：何不让作家来论作家？同为创作者，也许更懂冷暖，更知甘苦。为此，《钟山》新设了一个栏目，名为"将心比心"。

约稿的时候，我们就跟作者说得很清楚：此类文章不是一般意义上的人物印象记，也不是通常意义上的作家论，而是一个文学心灵对另一个文学心灵的真诚阅读，介于文学评论与散文随笔之间。

真诚是文学创作和文学批评的最高原则，但受制于外在和内在的局限，真诚何其难也。读人读心难，说出来就是解密，解密就有风险。因很难找到合适的、愿意写这类文章的作家，"将心比心"栏目满两岁夭折。所幸留下了这十三篇"诛心"之文，结集为《作家读作家》，弥足珍贵。